鷹翎

第四屆金車奇幻小說獎
決選入圍作品

叩叩——著

Content

目次

【評審推薦】	005
第一部	009
第二部	079
史　實	204
【作者後記】	206

【評審推薦】

想去蒙古看看。

這是讀完這部小說，腦海裡隱約浮現的第二個念頭。

想去騎騎驍勇剛烈的蒙古戰馬，看看金雕，看看海青，看看一望無際的大草原，或許，在草原上蹩腳的射一枝箭，不必是主角烈赤親製的鷹翎箭，不必有部族標誌，但還得能呼咻一聲，穿風破空，別離靶心太遠，讓想像把自己變成成一名大漠悍將。

啊，好飽滿的小說。

這才是讀完小說後立即蹦出的第一個念頭。

作者運筆如刀，故事雕琢得肌理分明，角色形象立體鮮活，情節排布有內涵深度，但又不致於艱澀無趣，絆住眼球，是易讀也耐讀的小說。文字的調度頗見實力，幾個場景經營得豐滿厚實，我特別喜歡烈赤重回父親曝屍之地那一小段，技巧聰明而情感自然。

「終於，眼淚掉了下來，烈赤也跨出了蹣跚的第一步。」作者給了烈赤與父親幾滴淚，也給了我們讀者。

此外，在速不台的敘事觀點裡，我們則看見了長成後的烈赤，低調穩重，帶著一股悲愴的沈默，然而他神乎其技的追蹤本領與箭術，卻又令人擊節大讚。

至於故事終末的十三翼大戰，巧妙的以近距離特寫幾個主要角色在人海中的搏鬥掙扎，把數萬人的恢弘大戰微縮至個體與個體之間的血肉衝突，既減少篇幅的浪費，也能精準對焦故事主軸，是有創作意識的操作。

上述幾個場景都刻畫得細膩又俐落，讀來流利但書寫可不簡單，作者對於蒙古歷史與民間神話研究夠深，字斟句酌，步步為營，帶出我們一般讀者不容易攝取的文化養分。

評審意見都是後見之明，若還能提供一點建議，我首先會認為故事中奇幻的成分太少，既是奇幻小說的徵獎，這部分就吃虧些，建議可以試著把蟒古斯的詭幻背景再帶出更多，那些以一擋十的活屍大軍再多來幾場，讓讀者能更融入塔陽與烈赤的恐懼中。另外，塔陽薩滿具有引領主角轉進以及為小說主軸驅動的作用，但在角色的形塑上稍嫌薄弱，應該也可再多著墨一些。

而鐵木真，我們熟悉的成吉思汗，雖然不是故事的主線角色，但畢竟是幾乎征服歐亞大陸的霸主，只有幾幕運籌帷幄的出場鏡頭，稍嫌可惜了，身為讀者，我挺想看看他露幾手呢。

接著，我們來到故事結尾，目睹了烈赤與蟒古斯附體的對決，這一段情節轉折夠意外，張力也夠飽滿，但讀來感覺稍嫌倉促，也流失了「鷹翎」這個意象的重要性。如果可以把節奏調得慢一些，再多個一、兩千字左右的鋪陳與描寫，讓蟒古斯與烈赤的對話與互動再多一些，把「鷹翎」這個關鍵象徵想辦法再兜回來(畢竟是小說題目)，那麼我認為，在整體情節的分寸呼應之間，或許就會更圓滿。

總結來說，《鷹翎》這部小說，在這次入圍的小說裡，剛好排序在最後一篇，從整體作品的平均質地來說，恰好也是個接近完美的尾聲，給了我一次愉悅的閱評經歷。感謝作者。

謝文賢（名作家，九歌、時報、自由、福報與各地方文學獎得主）

第一部

烈赤好久沒見過藍天了，他抬頭望去，天空就像父親的臉色一樣，最近總是陰沉沉的。他喘了口氣四處張望，慎重地捧著懷裡的布包朝營盤邊緣奔去。族人的屎尿味撲鼻襲來，但烈赤習以為常，挖糞坑是身為納可兒（門戶奴隸）的日常工作，也是父親氈帳總在糞坑旁的原因。

周遭氈帳越來越少，再過去就是草場了，他警戒地望著四周，族人們正忙著理羊毛，忙著織毛氈，忙著後天的那達慕，沒人注意到他穿過營盤。突然一隻肥壯的粗腿從一旁的氈帳後伸出來，勾住了烈赤的腳踝。

「黑耳獺，還不去挖糞坑？」

烈赤被那隻腳狠狠絆倒，但他熟練地翻滾，雖然疼痛卻也毫髮無傷。

「你那什麼？」粗腿的主人朝烈赤胸口抓去。

「還來！」烈赤反手一抓，布包隨即裂開，十幾根雁羽散落四地。

「憑這偷來的羽毛，阿古拉的箭不可能比我父親的還好！」

啪！那人雙指一彈，氈帳後立刻竄出兩名嘍囉踐踏雁羽。

「札納！」烈赤大吼，向前撲去，卻被重重踹開。

札納身軀異常高大，渾身肌肉糾結，才十七歲就是全族最高的人。札納雙手抱胸看著他，臉上滿是輕蔑的笑容。烈赤牙一咬，撲向前去護住羽毛，任由嘍囉身體踩踏他的身體。

「走了，讓他去挖糞坑。」札納大笑，轉身離去。

烈赤狠狠瞪了札納一眼，開始撿拾殘破的雁羽。

「要不是他父親投降，鷹族早滅了。」札納邊走邊說道。

「要是我，戰死啊！」嘍囉尖聲附和。

「知道嗎？就是我父親親手俘虜阿古拉的，還說是鷹族第一勇士，我看是鳥族吧。」札納斜眼偷瞄烈赤。

「沒膽維護自己父親的榮譽，看來真是隻旱獺生的。」嘍囉大笑。

「你父親偷襲……」烈赤握緊雙拳、渾身顫抖。「殺不死我父親，還被砍成跛子。難道你父親比鳥族還弱？」

札納轉身大吼一聲，拔刀撲倒烈赤。烈赤被撞的直冒金星，幾乎失去意識。

「塔陽薩滿已經上天了，沒有他說話，你跟阿古拉等死吧。」札納將刀子架在烈赤脖子上。

烈赤感到脖子一陣刺痛，他拼命推開札納，卻被他巨大身軀牢牢壓住，動彈不得。

「札納，刀不是這樣用的。」沉穩的嗓音自後方傳來，來人身材高大卻已白髮蒼蒼，艱苦的生活在他臉上刻出一道道的皺紋。

「阿古拉，刀不沾血要做什麼？」札納舉刀指向來人，刀鋒上已沾有些許血跡。

烈赤脖子被劃開一小口，血開始流出，他卻絲毫不在意，只是瞪著札納，也瞪著來人。突然，烈赤感到土地微微震動，隆隆蹄聲自遠處傳來。

眾人望去，兩名騎士騎著高大的騸馬奔來。一名年紀與烈赤相似，但身穿上好長袍，腰間繫著長刀。另一名騎士年紀大的多，但十分精壯，穿著深色牛皮鎧甲，刀柄與皮甲上的圖騰宣示他是勃拔喀部的宿衛隊長。
「阿古拉，你在這做什麼？」宿衛隊長對著阿古拉大喊。
「岱欽，我兒子跌倒了，沒什麼。」阿古拉朝兩名騎士點頭。
「札納，給巴特爾看看你們整理的場地，後天就是那達慕了。」岱欽瞄了一眼阿古拉又道。
「我們得用力量好好頌揚逝去的塔陽薩滿。」
「是。」札納行禮後離去，臉上滿是賊笑。
「阿古拉，你的箭可以讓我拿第一吧？」巴特爾問。
「我未來的大汗，我的箭會是最直最準的。」
「箭再好，也終究得靠自己，是吧？」巴特爾大笑。「我等你的箭！駕！」
「今天塔陽薩滿天葬了，別太早讓我有機會拔刀。」岱欽小聲說，狠狠甩了一鞭離去，揚起一陣沙土。
阿古拉朝烈赤伸出手。「把紅土、馬奶和成泥，抹在傷口上，然後……」
「我知道。」烈赤抓著羽毛自行爬起，摀住傷口，頭也不回地離去。
阿古拉愣住了好幾個心跳，伸出的手頹然落下。他望向天空，陰鬱的天空似乎也看著他。
人群不知何時竟聚集了起來，烈赤用力握拳，不讓手發抖，他的心臟就像鑼鼓一樣咚咚作響。他恨父親的懦弱，更恨自己的無能。眼淚在他眼眶裡打轉，他將臉抬高，努力不讓眼淚滴下。他強迫自己深呼吸，緊閉嘴巴，拚死裝出若無其事的樣子。真正的戰士就算是死前，臉上也不會有任何表情，只會有對敵人的輕蔑。烈赤緩步走過看熱鬧的人群，一步一步踏穩，哪怕他恨不得狂奔逃離那裏。

「這納可兒跟阿古拉真該去死。」

「下次劫掠就派他們父子當前鋒吧，想想多少人死在阿古拉手下？」

「塔陽薩滿回天上了，等著吧。」

「烏能根會瘸，聽說就是阿古拉當年……」

「噓！別再說了。」

烈赤聽得一清二楚，但他習以為常。遠離了人群後，他故作輕鬆地伸了個懶腰，趁機往後看去，確定沒人在注意他後，便迅速躲到一個氈帳後面，蹲了下來，開始將淚水拭去，他將臉埋在雙掌中，不斷喘氣發抖。他望向遠方裝飾著鷹圖騰的白色氈帳，但馬上失落地低下頭去。

如果塔陽還活著，烈赤可以躲進他的氈帳裡，雖然他可能會被塔陽叫去照顧他的海青，但至少在那裡，他是安全的，沒有人能隨意進出塔陽的氈帳，除了烈赤之外。

薩滿在部族中的地位非常高，是唯一能與長生天溝通的人，而在勃拔喀部中，塔陽的地位甚至僅次於大汗努桑哈。塔陽的占卜非常靈驗，能預知那裡水草豐盛、哪天劫掠能夠避開風雨，但勃拔喀部能在草原中迅速壯大，還是因為塔陽說服努桑哈不殺光戰俘，而是讓他們用刀弓、巧手來換取食物、地位。

烈赤從氈帳後走了出來，臉上滿是紅通通的擦痕。他不想回氈帳去，他知道那些雁羽的重要性，但他現在只想在怨恨與自棄中逃避。烈赤越走越遠，周遭的氈帳也越來越少。太陽已逐漸消失，但眼前一望無際的草原仍尚未暗去，他四處張望尋找部族裡少數友善的身影。

「噓！大老黃！」烈赤輕聲喊道，他東張西望地看著。「大老黃，來！」

不久，一匹略顯老態的黃馬應聲而來，烈赤立刻衝上去抱住大老黃的脖子，輕柔地用手整理短短的馬鬃。大老黃溫馴地任其撫摸，馬頭上下動著，彷彿在輕拍烈赤的肩膀。

「也就只有你啦。」烈赤拿出馬刷子，仔細地替大老黃整毛。大老黃舒服地直打呼嚕，鼻頭冒出白白的霧氣。

大老黃是阿古拉從小養到大的，是極佳的烏審馬，身軀短小但十分精幹，非常有靈性。烈赤聽父親說，當年就是大老黃載他們父子倆來到勃拔喀部的，也就只有在大老黃面前，父親才會罕露笑容。有兩名族人牽著馬往營盤走去，看到烈赤也不說話，繼續向前走著。

牲畜是草原人的第二生命，尤其是馬匹。若有自己族人被殺了，還不一定什麼大風波，畢竟草原上的鬥爭實在太過頻繁，不知不覺都成了日出日落的一部分。但若有人沒來由地殺了自家的馬，全族震怒都不在話下。也因為如此，幫馬兒整毛的烈赤，絕不會有人說閒話。

「這下箭羽沒得做了，怎麼辦？」烈赤邊刷邊問，大老黃的耳朵轉了轉，彷彿在仔細聆聽。

「就算父親繼續當這裡的製箭師，我還是會逃，我不可能一輩子當個納可兒，隨便人叫喚。」

像是在回應烈赤般，大老黃重重吐了一口氣。烈赤收起馬刷子。

「如果岱欽要我當劫掠前鋒，我不會帶著你去送死的。就算現在是冬天，我一樣會帶著你逃跑。」

烈赤將額頭貼在大老黃的額頭上，閉上眼睛。

「你能幫我說服父親嗎？」

大老黃的眼珠動來動去，想看主人的臉卻看不到，只好盯著主人滿是補釘的衣褲和足靴。許久，烈赤睜開眼睛，這下大老黃總算看見主人了，卻被他紅紅的脖子吸引了注意力。

「走啦。」烈赤拍拍大老黃的脖子。

大老黃抽著鼻子，聞聞沾染在他鼻子上的東西，牠很熟悉這種味道，不過是很久以前的事了。

阿古拉知道烈赤去找大老黃了，也不擔心，那傷口對男人來說，就像每年必到來的風雪一樣，能說上一兩句，但絕對沒什麼好大驚小怪的。

阿古拉回到氈帳後，拿出刀子開始切削風乾後的箭材，確保粗細均等，那都是上好的樺木，是他連夜替族人修整狩獵弓才換到的。他希望巴特爾能靠這些箭獲勝，否則……。

帳門被推開了，烈赤走了進來。他看著父親，取出整理過的雁羽放在桌上，上面的塵土已被烈赤仔細去除，但仍凌亂不堪。

「那些不能用了。」阿古拉看了一眼雁羽，繼續專注在箭身上。

「札納是故意來找碴的，他怕你的箭比烏能根的好。」

「我會拆舊箭上的羽毛，這就夠了。」

「他們侮辱你。」

「侮辱又怎樣？至少我們有氈帳睡，有馬奶喝。」

「他還污辱母親。」烈赤咬牙。

阿古拉心頭一痛，嘆了口氣。「你母親總在天上看著你，你想讓她看你流血？」

「我好久沒看到天空了。」烈赤坐下，看著父親右手上的巨大傷疤。

「烈赤，自從塔陽薩滿死後，沒人看過藍天。等下一任薩滿的骨占吧，我們會知道長生天的旨意的。」阿古拉放下箭材，伸長右手甩了甩。

「父親，沒有塔陽薩滿的命令，岱欽一定會派我們當劫掠前鋒送死，我們帶著大老黃，再偷一匹馬就逃吧。」

「大老黃老了，跑不快了。如果我的箭讓巴特爾拿第一，我可以繼續當製箭師。」

「如果沒有呢？我們是鷹族，他們只想我們死光！」

「烈赤！我用我做的箭矢取得了地位，你現在是勃拔喀部的人，草原上再也沒有鷹族了。」

「我不是勃拔喀部的人！」

「永遠記住，草原不歡迎沒有部族的人。就憑你，一到冬天就被草原會用白色的箭刺穿，到時我可不會帶大老黃去找你屍體。」阿古拉將箭材放到桌上。「你今天一樣要揮五百刀，灑五百次魚骨，拉五百次虛弓，再把所有弓弦上油抹亮。」

阿古拉拿起皮帽，朝帳門走去。

「你的右手廢了不代表我的也廢了，你知道我不可能一輩子當納可兒，你只是沒膽在草原上活下去，我敢！」烈赤朝著阿古拉大吼。

阿古拉背對烈赤，右手顫抖地握拳。「我去看盧剌卡那還有沒有箭羽。」

烈赤惡狠狠地看著父親的背影，抄起一把造型奇特的刀子，就朝一塊木幹上砍去。那本是削弓用的短刀，阿古拉在上面精巧地綁上樹枝與牛腿骨，用來模擬長刀的重量與平衡，木幹上滿是刀痕，密集卻不雜亂。烈赤任憑怒火在木幹上蔓延，看似隨意但刀痕卻工整地落在木幹上。

憑什麼札納他們可以騎馬射弓，我只能躲在氈帳裡用假刀砍木頭？憑什麼他們可以去狩獵，我只能挖糞坑？答案再明顯不過，但烈赤不願去想。

阿古拉踏出氈帳外時，天幾乎暗了，灰雲密布的天空，總讓黑夜提早到來。阿古拉聽著氈帳傳來的揮刀聲，他聽得出兒子的右手還是向右偏移，但現在不是提醒兒子的好時機。他戴上皮帽往盧剌卡的氈帳走去，被凍成深褐色的耳朵裸露在外。

一輛勒勒車就停在盧剌卡氈帳外，車輪幾乎跟阿古拉的胸口一樣高，但車軸裂開了，顯然等待修理。草原人的勒勒車整輛都是木頭製成的，沒有任何鐵件，構造簡單，可前後串聯成車隊，甚至一人就可駕駛。但身為戰俘的阿古拉不配擁有自己的勒勒車，更不用提牲畜了。

「盧剌卡。」阿古拉喊，注意到地上腳印凌亂。

一個身材矮短的人從氈帳裡鑽出，酒臭味也隨之襲來。

「你那還有多的雁羽嗎？」

「沒啦，都沒啦！」

「札納來過了？」

「岱欽來過！」盧剌卡沒好氣的說，往外看了一兩眼。

「那我不需要其他東西了。」阿古拉點頭，轉身要走。

「幫我修幾個扳指，我發誓幫你問問。」

「木的？」

「也有牛骨的。」

「我看看。」

兩人走進氈帳，壁上掛滿各種木製、骨製器具。中央的圓桌上擺滿幾個精巧的扳指毛胚，一兩把銼刀隨意放在一旁。

「跟以前一樣？」阿古拉坐下，拿起毛胚開始端詳。

「就那樣。」盧剌卡將皮帽脫下，他頭頂全禿了，但臉色很是紅潤。

阿古拉從懷裡拿出一個烏黑光亮的扳指放在桌上，他左手熟練地拿起銼刀，照著烏黑扳指的樣式開始磨製，右手的疤痕在火光下顯得更加駭人。

盧刺卡盯著黑色扳指，眼神很是憋屈。「長生天可憐我，這輩子遇不到雷擊木，不然用來做幾個扳指獻給大汗，現在就有人幫我暖床啦！」

阿古拉不理會盧刺卡，專注於眼前用雷擊木磨成的烏黑扳指。

雷擊木非常罕見，據說長生天藉由閃電將其意志注入了那塊木頭，上頭佈滿複雜神祕的紋路，不同的人看，紋路就會不同，據說還能予人啟示。阿古拉看不懂上面的紋路，但他知道上面精緻雕刻的狼頭紋是一個承諾。

「你知道送葬隊伍跑了什麼出來嗎？」盧刺卡盯著阿古拉快速游移的手。

阿古拉沒有回應，專注地磨製手上的扳指。盧刺卡認識阿古拉許久了，也不覺得冒犯。

「你可想不到，整個天葬隊伍都停下了，每雙眼睛都往上看。整個草原靜得跟什麼一樣，除了風聲，什麼都聽不到。沒有汗獺亂竄的聲音，沒有鳥叫聲，連馬的呼氣聲都沒啦。」

阿古拉眼睛仍盯著扳指，但磨製的速度慢了下來。

「鷹啊！是鷹在飛啊！」盧刺卡忍不住大喊。「整整十年啦，草原上沒人看過鷹，居然又出現了。」

「赭嶺那方向？」

「怎麼？鷹族第一勇士，想去抓？」

「沒人可以真正抓住鷹。」

「但可以殺。」

阿古拉陡然停手，但銼刀隨即繼續舞動。

「岱欽也看到了。十年前就是他帶頭的吧？」

阿古拉沉默不語。

「把你那隻幼崽管好，做好你的弓箭。」盧刺卡拿出一袋馬奶酒灌了一口。「看我！一個人活不了啊！也只能低頭幫他們修個東西。呸！」盧刺卡吐了個口痰。「丟臉嗎？能活有什麼丟臉？」

阿古拉依舊不理會盧刺卡。

「誰都知道你們的鷹翎箭是草原上最好的箭，怕什麼。」盧刺卡砸砸嘴，將馬奶酒丟給阿古拉。

阿古拉頭也不抬，隨手將馬奶酒接起，放在一旁。

「不是聽說百發百中嘛？弄個幾支鷹翎箭獻給大汗，保證你活得好好的。」

「沒有這種箭。」

「隨便你，反正大家都說百發百中……」盧刺卡一把將把馬奶酒拿回來，又灌了一口問道。「不喝？」

「弄完再喝吧。」

「告訴你！趁沒開戰趕快喝。我都聽說啦，鐵木真帶著狼族離開札答蘭部了。我看著札木合那小崽長大，他眼是豹的眼、牙是野豬的牙、腿是鹿的腿。就算鐵木真是他安達（蒙古語的結拜兄弟），有一天他還是會把鐵木真殺了。」

「那鐵木真呢？」

「鐵木真？他就只是匹狼！」

阿古拉看著雷擊木扳指上的狼頭雕。「你以前是札答蘭部的人？」

盧刺卡眼神突然迷茫了起來，馬奶酒一口接一口。氈帳頓時陷入沉默，只剩下盧刺卡的咕嚕聲。

許久，盧刺卡把酒袋往旁一丟，顯然空了。「塔陽薩滿去天上啦，他的海青也跟去啦，再來換……嗝，誰？」

「大汗放飛塔陽薩滿的海青了？」阿古拉抬起眉毛。

「放什麼！就憑空消失啦！找都找不到！」盧刺卡開始學鳥拍翅。

「酒醒了再出去吧，別亂說話。」阿古拉將磨好的扳指排好。

「阿古拉……」盧刺卡又撿起了酒袋，眼睛湊到袋口上，仔細研究還剩幾滴。「豬嶺，第二個山丘，大家都看到了，那可是一對金鵰……」

阿古拉看著盧刺卡，雙眉緊皺。

阿古拉走回氈帳時，天空早已全黑，烈赤正端出一個木碗。他剛拉完虛弓，渾身蒸騰著汗氣，他不理會父親，閉上眼。

「五百次。」阿古拉蓋上皮襖睡去。

烈赤捏起一些魚骨，輕輕往木碗撒去，輕微的碰撞聲傳來。六？烈赤心想。他睜開眼睛，數數碗裡的魚骨，鬆了口氣。

烈赤一直不懂為何父親要他練這個，他記得其他小孩練騎射的時候，他在挖糞坑，對著木幹揮假刀。其他小孩在大口喝馬奶時，他得回氈帳灑這魚骨。更別提父親從小就不准他用皮帽蓋住耳朵。每到冬天，這總讓他的耳朵被凍成深褐色，也是他被叫黑耳獺的原因。

他深吸一口氣，又丟出魚骨，多年來的嘗試，讓他可以精準聽見魚骨撞擊木碗的聲音，從而推斷出魚骨的數量。烈赤希望這是某種狩獵技巧，但除了聽到蹲在糞坑上的族人呼吸聲，似乎再無用途。

他不願多想，只想趕快灑完五百次魚骨，這是他對死去母親的承諾。烈赤早已忘記母親的模樣，也幾乎沒再夢過她，但他永遠記得那雙溫暖的手，輕輕地抱住自己。

四？烈赤數數魚骨，懊惱地將魚骨抓起丟回碗裡。他瞄到依舊散落在桌上的雁羽，不禁地嘆了口氣。

大汗突然宣布舉辦那達慕，是為了頌揚塔陽薩滿驟逝的靈魂，這可沒讓阿古拉有多少時間準備新的箭矢。如果巴特爾沒贏得射箭，那麼首席製箭師就輪不到父親當。他知道父親的箭矢是全草原上最好的，但他也知道，沒有好的箭羽，箭就飛不穩。而烈赤猜得出來盧剌卡那邊沒有新羽毛，否則父親不會倒頭就睡。

八？烈赤數數魚骨，這次差的可多了。烈赤相當氣悶，嘖地一聲握拳朝木碗捶去，但父親的呼吸聲傳來，讓他在最後一刻收手。

父親說過，數錯魚骨都是因為控制不了心，只要心像無雲的藍天般平靜，那就連敵人的心跳聲也能聽到，這時面對再強的敵人也不會有破綻。

怎麼可能打得贏札納那種人呢？烈赤不懂，他曾問過塔陽薩滿心如何像無雲藍天一樣平靜，薩滿微笑不語，朝著海青努了努嘴，便繼續觀察地上的札達石，好像海青會告訴他答案似的。

此後，烈赤一有機會就會偷看那隻海青，希望可以看到答案。那隻海青全身雪白，就連腳爪也是，只有眼睛像血一般紅。烈赤不曾看過那隻海青飛，也不曾聽過牠鳴叫，每當塔陽薩滿召見阿古拉和烈赤時，那隻海青總是靜靜地盯著他，一動也不動。

塔陽薩滿的海青據說是憑空出現的，在許久以前一場劫掠結束後，大家聚集在畫著鷹圖騰的氈帳前，等待塔陽薩滿念咒撫慰逝去的靈魂。而當他走出氈帳時，那隻海青就站在他的手臂上。

自從塔陽薩滿死後，白海青還沒離開過氈帳，沒人知道會由誰繼承。烈赤收起木碗，慢慢爬進皮襖裡。夜晚變得很安靜，烈赤可以聽到隔壁氈帳傳來的說話聲與馬的呼氣聲，但最清楚的莫過於父親的鼾聲。

烈赤換個姿勢躺著，脖子立刻傳來一陣刺痛，此時他才驚覺今天離死亡不遠。怒火逝去後，罪惡感與愧疚感馬上襲捲而來，壓著烈赤幾乎無法呼吸。如果父親不在，我還能活著嗎？等到父親老後，我能保護父親嗎？難道我真是一隻黑耳獺？不，連黑耳獺都不會忘記自己母親長什麼樣。

烈赤感到眼眶冰冰的，他強迫自己停止思考，專心數著父親的鼾聲。烈赤過去每一天都不好熬，無數的夜裡，他總是這樣聽著父親的鼾聲睡著的。烈赤的手緩緩穿過皮襖，輕輕地，他碰到了一隻大手，漸漸地，他的呼吸平緩了下來。

烈赤開始微微打鼾後，那雙滿是粗繭與疤痕的大手將烈赤的手輕輕握住。許久，阿古拉鬆手，緩緩起身，拿起滿是補釘的皮外套，向外走去，一聲不響。

烈赤突然醒來，四周烏漆摸黑的，什麼也看不到，黑暗像是有生命般地湧向他，灌滿他的嘴與肺。寒風不斷吹來，他顫抖起身，感到身上的結霜散落在地，他發現自己不在氈帳裡，父親也不在旁邊。

他辨別不出方位，只好看向天空，希望今晚的雲沒有遮住星星，但他卻發現太陽竟高掛在天上。他覺得好刺眼，眼睛卻移不開，他感到太陽在焚燒他的雙眼。他下意識地舉手遮住雙眼，卻看到一對長滿金色羽毛的翅膀，劇烈的疼痛令他大叫，他卻只聽到一陣淒厲的鳥叫聲。

烈赤驚醒，驚慌地望看著四周，想確認自己在哪裡，接著他聞到熟悉的屎尿味，才確定自己仍在氈帳裡。他大力喘氣，剛才的夢實在太過真實，彷彿還在眼前。

那金色的翅膀跟鳥叫聲是怎麼回事？烈赤心想，趕緊撫摸自己雙手，好險沒什麼異樣。他望向一旁，才發現父親真的不見了。

身為俘虜，半夜離開氈帳會被視為逃亡，就算是要排便，這種酷寒也不會有人選擇離開氈帳，都是在氈帳內解決。烈赤耐心等待，祈禱父親馬上就會回來。少了父親鼾聲的氈帳，令烈赤非常不安。他豎耳傾聽，希望能聽到父親回來的聲音，但周遭安靜異常，他甚至可以聽到附近氈帳中傳來的鼾聲。

許久，烈赤失去了耐心，他知道父親回來睡覺之前，有去拜訪盧刺卡，說不定他知道些什麼。自然，烈赤不去想父親被札納或岱欽暗算的可能性，但他還是拿起那把拼湊出來的削弓刀。

烈赤慢慢掀開帳門，一道耀眼白光映入烈赤雙眼，令他不由得癡了。總是佈滿天空的厚雲居然消失了，他往外走，繁星密集的就像斡嫩河一樣美麗，月光映照在地面上，白霜閃耀著朦朧的光輝，烈赤甚至能清楚看見自己的影子。突然，微弱的腳步聲傳來，他聽得出來那是專門巡邏戰俘區的夜哨。

雖然塔陽薩滿說服大汗努桑哈讓戰俘用刀弓或巧手來換取氈帳和馬奶，但這些人總被視為不忠，飽受歧視，與勃拔喀部的衝突不斷發生，也因此日夜都有哨兵巡視。

烈赤迅速躲到附近的勒勒車後，他心臟劇烈跳動，卻絲毫沒有辦法平靜下來，這是他第一次在半夜離開氈帳。夜哨的談話聲越來越明顯，烈赤摒住氣息，耐心等待。

「摔角肯定是札納贏，他壯的跟野豬沒兩樣。」兩名夜哨手拿長刀走過，穿著厚厚的皮外套與氈帽。

「誰知道？巴特爾也會上場，他技巧最好又是大汗長子，可難說了。」

「札納如果摔角第一，岱欽肯定將他編入大汗宿衛。唉，年紀輕輕就可以有一套牛皮甲。」

「要是射箭，肯定沒人能贏巴特爾了，想想那隻貂。」

「是啊，完整無缺的貂皮，沒有箭孔！」

「聽說他直接衝到圍獵隊前，一箭射進貂嘴裡。嗯？也就他做的到了。」

夜哨終於消失在視野中，烈赤深吸一口氣，輕輕走出勒勒車，彎腰快走。好在路上沒有再遇到其他夜哨，烈赤總算掀開盧刺卡的帳門，躲了進去。

「盧刺卡？」

如雷的鼾聲自暗處傳來，烈赤跑去搖盧刺卡的肩膀，隨之而來的一連串酒嗝害得令烈赤直做嘔。

「嗯……？」

「盧刺卡，我父親在哪裡？他不見了。」

「烈、烈赤？」

「是我。」

「你來幹嘛？」盧刺卡翻身要繼續睡。

「我父親，他不見了。」

如雷的打呼聲再次傳來，這次烈赤不客氣了，一巴掌打在盧刺卡臉上。

「誰、誰？」盧刺卡跳了老高，警戒地看著四周。

「是我，烈赤。」

「阿古拉不見了？」盧刺卡深深吐了一口氣。

「對，你知道他去哪了嗎？」

「唉，我喝醉了酒，都記不清……」盧刺卡猛抓著自己的頭，突然眼睛睜得老大。

「唉，我真是……。」

「哪裡？快說！」

「怕是去赭嶺了。」

「赭嶺？去那做什麼？那什麼都沒有啊。」

「那裡有一對金雕。」

烈赤瞬間就懂了，也不多說什麼，轉身貼著帳門向外窺探。

「我看見了，天葬隊伍每個人都看見了……」盧刺卡搖晃著身軀說道。

烈赤也不向盧刺卡道別，一出氈帳就彎腰走向營盤之外的草場。馬匹是草原人的重要財產，雖然是半野放的畜養，但總會有哨兵看守。然而夜哨只會特別看顧戰馬和種馬，不會注意像大老黃這種馱馬。雖然月光異常明亮，但烈赤躲在羊群裡前進，倒也沒有被夜哨發現。

「大老黃，噓，噓。」烈赤發現大老黃不在平時睡覺的光禿沙地上。

烈赤又輕聲呼叫了好一陣子，卻沒有任何回音。這下烈赤確定父親真的去赭嶺了。

雖然父親極少提起，但從族人的冷嘲熱諷中，他也知道自己是鷹族人。鷹族不只最善馴鷹，更是最精通騎射的部族，人數不多卻十分強悍，不曾主動劫掠過其他部族，也不向任何部族低頭。

但烈赤出生沒幾年後，鷹族被勃拔喀部圍剿了，聽說全族老弱婦孺都寧死一戰，最後就連馴養的金雕也無一倖免，只有身為鷹族第一勇士的父親帶著烈赤投降，為了活下去，還將鷹族的製弓祕密洩漏給勃拔喀部。詭異的是當鷹族被滅後，草原上的鷹也跟著消失了。再也沒有人看過在天空盤旋的鷹，旱獺與足鼠得以大量繁殖，放牧的草場逐漸消失，草原上的衝突也因此越發頻繁。

烈赤伸出手掌瞇眼觀察，繁星移動不過兩個掌距，自己睡得不算久。他觀察四周，看見有匹馬離得特別遠，正自顧自地吃草，他彎腰走去。馬兒見來者不是主人似乎有點驚訝，威嚇性地甩頭喘氣。

「噓。好馬兒，噓。」烈赤張開雙掌，表示沒有任何武器。

他慢慢走向前，緩緩地將手貼在馬脖子上，感受他的脈搏。脈搏非常快，烈赤動也不動。雙眼專注地看著馬兒。馬兒也看著烈赤，瞳孔迅速縮張著。最後馬兒首先動了，牠低下頭來，繼續吃草。

烈赤緩緩將額頭貼在馬背上。「好馬兒，我得去找我父親，你能幫我嗎？」

馬兒的耳朵動了動，烈赤拔起一把牧草，輕拍馬腿向前走去，引誘馬兒前進。馬兒似乎對搖晃的草很感興趣，跟著烈赤往外走去。距離夠遠後，他試著翻上馬背，但這匹是馱馬，身上沒有鞍具，他只能抓住馬鬃。烈赤不常騎馬，他只是納可兒，部族不允許他拉弓騎射，只有跟父親去蒐集箭材的時候，才能偶爾騎一下大老黃。

烈赤深吸一口氣，抓住馬鬃硬是跳了上去，馬兒吃痛跑開，烈赤的腳都還沒翻過馬背就跌落在地。馬兒跑開了好一段距離，烈赤再次彎腰靠近，這次他雙手放在馬背上，猛地一跳翻過馬背，立刻將胸口貼在馬背上，雙腿夾緊馬腹。他動也不動，讓馬兒熟悉他的重量。最後他用腿推動馬肚，馬兒慢慢向前奔去。烈赤深吸一口氣後，用左腳和右手扣住馬背，讓身體掛在馬兒右側，以免被人看到。待營盤已經消失在身後之際，烈赤全身已被汗水浸濕，肌肉不斷發著抖，他想將自己翻上馬背，卻直接摔下馬，翻滾了好幾圈。

「噓，噓。」烈赤嘗試呼喚馬兒，但馬兒卻越跑越遠，最後總算停了下來。

烈赤躺在地上好一會兒，勉強站起，邊走邊喘氣。這時候我能猜對魚骨的數量嗎？烈赤心想。但立刻用力搖頭。他走到馬兒旁邊，重新翻上馬背，這次熟練的多。

「好馬兒，走。」烈赤大喊，雙腿夾緊馬肚，馬兒立刻向前奔去。渾身是汗的烈赤被風吹著，絲毫不覺得冷，只覺得痛快無比。

久違的月光灑落在草原上，映得夜半結霜的草原一閃一閃的，如同天上的繁星。天地失去了邊界，向前奔馳的烈赤彷彿就像是飛向星空似的，令他感到心炫神迷。

馬兒已奔馳了好久，隱約可見汗氣在馬兒身上蒸騰。他伸出手，朝耀眼的星空比劃著，繁星又移動了快兩個掌距，卻遲遲不見赭嶺。周遭的草已經越來越稀疏，烈赤知道自己方向沒錯。他抓緊腰上粗糙的削弓刀，猜想等等會遇到什麼。這幾年的冬天，連狼都不好過，孤身一人的烈赤有可能被狼盯上。但烈赤不怕，只要找到父親，自己就安全了。如果赭嶺真的有鷹，那父親一定也在。

打從烈赤有記憶以來，父親看天空總是多過於看自己。小時候，烈赤曾問過父親究竟在尋找什麼，父親低頭看烈赤，露出罕見的笑容，撥了撥烈赤的頭髮，繼續仰望天空。那可讓烈赤開心好幾天了，他很少看到父親的笑容，但烈赤長夠大後，懂得苦笑，才發現父親那不是笑。

隨著烈赤長大，他也越來越少看見父親凝視天空了，偶一瞥見，總讓烈赤想起那隻部族獵到的大雁，看著天空不停拍著斷掉的翅膀，直到斷氣為止。想到這，烈赤才驚覺父親老了。昨天不是還有精神嗎？怎麼今日看到的父親頭髮已盡數斑白？切削箭身的手不是還很有力嗎？怎麼今日看到的那雙手已滿是皺紋？

烈赤再次夾緊馬腹，希望馬兒能再快一點。但馬兒大力地邁出幾步後，再也跑不快了。往前望去，地上盡是難以著力的碎石，左側則是向上延伸的峭壁，馬兒的體力幾乎被耗光了。烈赤正心疼的輕拍馬背，此時竟聽見微微的金屬碰撞聲。烈赤立刻跳下馬兒，閉上眼睛仔細聆聽。

鏗鏘！

烈赤發現聲音是由峭壁上傳來的，他轉身將額頭貼在馬兒的額頭上。

「馬兒啊，謝謝你。回去吧。」

烈赤用力一拍馬臀，馬兒立刻往回跑去。烈赤開始朝峭壁走去，坡度越走越陡，最後他必須手腳齊用，再來就是攀爬了。鏗鏘聲越來越清楚，烈赤不顧身體的痠痛，咬牙爬了上去。

烈赤越爬越高，風也不斷增強，勉強爬上了峭壁，頂端是一片不小的碎石地。雖然月光明亮，但這種距離下，烈赤僅能看見三個黑影纏鬥成一團，不時亮起刀鋒互碰的火花。烈赤勉強看得出來一個特別高大的人被另外兩個圍攻，他一刀架開砍過來的攻擊，往後退了一步，三人陷入對峙。

烈赤身後就是懸崖，但他不敢爬上去，只敢探出頭偷看著。高大的黑影用刀子護住胸前，緩緩繞著另外兩個一胖一瘦的影子。他們的喘氣聲被風帶了過來，烈赤豎耳傾聽，卻想不到他們是誰。突然，烈赤注意到有人的呼吸聲消失了，就在他伸長脖子想聽清楚的瞬間，高大的黑影撲向前，由上而下攻向胖子，瘦子橫砍他的側盤，但高大的黑影瞬間低下身子，接著烈赤聽到碎石的碰撞聲，隨即而來是慘叫聲與身軀倒地的聲音。

高大的黑影自黑暗中站起，胖子立刻向後逃去，卻被某種東西絆倒。烈赤眯眼細看，發現那是第四個人，躺在地上動也不動，想必早已死去。獲勝的黑影將刀子丟到一旁，也不去追胖子。烈赤正覺得奇怪，卻被黑影的動作給驚得張大了嘴巴。那名高大的黑影伸長右手，然後往下甩了甩。

「父……」烈赤立刻右手摀住嘴巴。

但那黑影立刻看向烈赤的方向，就在那瞬間，烈赤聽見殺豬般的慘叫。那胖子不知怎地倒在了地上，接著烈赤聽見箭矢破空的聲音。那一刻，烈赤幾乎無法呼吸，時間像是停止了似的，那高大的黑影先是身軀一震，再來雙膝著地，最後倒下。暗處走出另一個持弓的黑影，走向剛剛中箭倒地的人。烈赤緩緩將手伸向削弓刀，突然，巨大的影子自天俯衝而下，隨之而來的是氣勢如虹的鳴叫聲，持弓的黑影立刻被撲倒在地。那鳴叫聲深深劃破了黑夜，氣勢之驚人，烈赤只覺得是傳說中的金雕。

金雕收起翅膀撲向還在掙扎的黑影，但那黑影突然膨脹數倍，金雕受驚立刻拍翅向後躲開。黑影站起，月光已無法再照耀出他的輪廓，取而代之的是不斷蠕動膨脹的黑色霧氣。金雕再次鳴叫，奮力拍翅飛起，連烈赤都能感受到氣旋撲來。金雕衝向黑影，對方也舉起弓來，箭矢的破空聲令烈赤全身一震，金雕發出痛苦的哀鳴摔落在地。烈赤拔出削弓刀，正想大吼一聲往前衝，就感到另一股強烈的氣旋自後方衝來，烈赤才剛轉頭，就看到另一隻巨大的金雕撲向他，巨大的利爪嵌進他的肩膀，奮力拍翅一提。力量之大，烈赤根本無法平衡，直直朝懸崖下墜去。

明明應該是一眨眼的瞬間，但烈赤墜落了好久還未能著地。烈赤無法思考，他腦中只剩下那個轉頭看向自己的黑影，但那黑影竟倒下了，再也起不來了。他想靠近那黑影，但自己卻不斷往下墜去，永不停止。

烈赤醒來的時候，已是白天了。天空再次被厚重的灰雲覆蓋。他發現自己卡在峭壁的裂縫之中，身上滿是瘀青與挫傷。如果沒有這個裂縫，想必自己早已摔死。

烈赤嘗試移動四肢，發現自己骨頭沒有裂開，他不禁感謝長生天的幫助。他觀察四周，驚見裂縫之外的禿石上躺著一隻巨大的鷹，那隻鷹全身覆蓋著深褐色的羽毛，在太陽照耀下閃耀金色的光芒。這難道就是金雕？烈赤心想。但金雕的頭部卻彎向極不自然的角度，烈赤無法理解是誰殺了如此強壯而又美麗的生物，他正想爬出裂縫細看，才猛然想起昨晚看到的黑影。烈赤不顧身體的傷痛，硬是鑽出了裂縫。他抬頭往上看，發現自己跌落的並不深，他看了最後一眼金雕的屍體，開始向上爬去。

身上的挫傷早已止血，但在攀爬的過程中不斷裂開，鮮血再次流出。烈赤絲毫不在意，他只想趕快確認那倒下的黑影究竟是不是父親。離頂端越近，烈赤心跳越快，身體與理智彷彿都在命令他停止動作。如果那真的是父親呢？烈赤遲疑了，左手抓住的凸石突然崩落，細小的碎石不斷撒向烈赤的臉上，他痛的睜不開眼，左手慌忙地四處亂抓，好不容易才找回平衡。休息好一陣子後，他抬頭繼續向上爬，卻聽到殺豬似的哭聲從上方傳來。他加快速度往上爬去，好不容易碰到頂端後，他將臉貼在峭壁上，閉上眼睛向長生天祈禱，希望昨天看到的是錯覺。但再次傳來的哭聲打斷了他，他不願再多想，睜開了眼睛。

他首先看到岱欽揮手，正在下達指令，再來是跪在地上的札納，對著烏能根的屍體發出殺豬似的哭聲，但那一切都不重要了。整個世界彷彿在嗡嗡叫著，烈赤猛力將自己撐上峭壁，跛腳向前奔去。他父親就倒在岱欽的腳旁，胸口插著一支箭矢。

「那裡有人！」在附近搜索的族人大喊，舉弓瞄準烈赤。

烈赤不理會那些人，他只想衝到父親旁邊，說不定他還活著，說不定他只是躺下休……，突然整個世界旋轉了起來，接著烈赤發現自己重重摔到地上。岱欽那一拳絲毫沒有憐憫，直接讓烈赤飛了出去。札納抬頭，滿臉又是鼻涕又是淚水，他瞪視跌落在地的烈赤，大吼一聲衝了出去。他一腳踹向烈赤，又將巨大的身軀壓在烈赤的胸口上，害烈赤吐出滿口酸水。

「你跟阿古拉殺了我父親！」札納一拳又一拳揮向烈赤的頭，近乎瘋狂。

烈赤倒在地上，被打的頭昏腦脹，口噴血沫，卻絲毫不覺得疼痛。烈赤只想看看父親，但一抬頭，就被札納的拳頭打回去。岱欽拍拍札納的肩膀，札納總算停止揮拳，他的臉扭曲成一團，上面滿是淚水與鼻涕。他抬頭看了看岱欽，站了起來。烈赤無力地呻吟，嘴角不斷流出鮮血。

呸！札納居高而下，吐了一口黏膩的口水到烈赤臉上。他怨恨歹毒的眼神彷彿現在就想殺了烈赤。

「你怎麼會在這裡？」岱欽冷冷問道。

「一定是他跟阿古拉。他們箭贏不了我父親，就殺了我父親。」札納大吼。

「我、我父親……」烈赤幾乎無法動彈，但仍拼命抬頭想看看父親。

「在問你話！」札納一腿踢向烈赤的肚子。

「不……，還有其他人……」

「大聲！」札納蹲了下來，用力甩了烈赤一耳光。

「還有別……」

「狗雜種！」岱欽一腳狠狠踢向烈赤的頭，直接將烈赤踢昏了過去。

「把阿古拉的屍體留在這裡餵狼，把這狗雜種和金雕屍體帶回去。」岱欽轉身大喊。「快，明天就是那達慕，誰慢了就受罰。」

岱欽拍了拍札納的肩膀，將他推向烏能根的屍體。札納一見父親的屍體，又發出殺豬似的哀號聲。岱欽走向阿古拉的屍體，撫摸上面的箭羽，皺緊了雙眉。接著他拔刀一揮，箭矢應聲斷成兩截，岱欽將箭羽那端撿起，放進皮大衣裡。他看著阿古拉的臉，又看著摔落在阿古拉旁的金雕屍體，臉上滿是輕蔑。最後岱欽冷冷一笑，轉身走向被綁在馬背上的烈赤，他伸指輕觸烈赤的脖子，確定還有脈搏後，伸手隨意一揮。眾人立刻跳上馬背，等著岱欽下一步指令。岱欽走向自己的高大騸馬，熟練地翻上馬背，朝營盤奔馳而去。灰雲密佈的天空在他眼前展開，雲層似乎比過去幾天還要深厚。他摸了摸皮大衣裡的箭羽，眉頭深深皺了起來。

黑暗中，半昏半醒的烈赤不斷聞到熟悉的屎尿味，這出乎意料地給了他一點安全感。最後是飢餓使烈赤醒了過來，所有的疼痛也在那一瞬間全數襲捲而來。烈赤想伸手確認傷勢，卻發現自己被綁住動彈不得。左眼已經看不太到東西了，視野一片模糊。烈赤想乾脆就這麼繼續昏下去，但身體的痛苦卻令他的意識越發清晰。

腳步聲自遠處傳來，他勉強能用眼角看到一雙腿走到自己面前，他想抬頭卻連一點力氣也沒有。他眨眨眼，想看得更清楚一點，但撕心裂肺的疼痛傳來，痛的他倒抽一口氣。

「你眼睛腫得比夏天的旱獺還肥，別再動了。」

烈赤聽得出來那是盧剌卡，他想說些什麼，嘴巴動了動，卻只傳出輕微的喃喃聲。

「也別說話啦。喏。」盧剌卡拿出一袋馬奶，倒在一塊布團中，再將布團靠在烈赤的嘴唇上。

烈赤先是伸出舌頭舔了舔，接著就是用力吸吮，嘴唇與口內的傷口令他痛苦萬分，但他卻甘之如飴。很快地，布團的馬奶被吸的一滴不剩。盧刺卡正要倒更多馬奶倒布團上，烈赤卻搖了搖頭，然後顫抖地把頭微微抬起，張開嘴巴。盧刺卡會意，立刻將袋子靠在烈赤嘴邊，慢慢地將馬奶倒進烈赤嘴裡。烈赤不斷吸吮馬奶，就算鼻子被嗆到，嘴唇也一樣貪婪地動著。盧刺卡不免微笑。他知道，他老友的兒子暫時死不了。

「就這麼多了，再多你身體就真的要壞啦，剩下都我這老頭子的啦。」盧刺卡將馬奶袋移開。

「小子，你這傷口都不算什麼，沒幾天就好了。聽我這老頭子的話，先別亂來。」

烈赤搖了搖頭，發出一陣痛苦的呻吟聲。

「小子……」

碰！烈赤突然將頭用力抬起，撞向後方綁住他的木樁。

「嘿，小子，你……」盧刺卡睜大雙眼。

蹦！這次更加用力。盧刺卡注意到他眼角有某種東西閃了閃。這下盧刺卡懂了，不禁嘆了一口氣。

「小子，這裡這麼暗，黑的跟羊糞沒兩樣，我可是什麼都看不到。」

烈赤總算停了下來，在黑暗中抽著鼻子，顫抖地喘氣。

「先活下來。聽老頭子的話，草原可不像天空這麼大。」

烈赤鼻子噴了口氣，將頭轉向一旁，氣息間的抖動不增反減。盧刺卡隱約看到更多的淚從烈赤臉頰滑下在黑暗中微微閃光，心中更是無奈。他思考要講些什麼來轉移烈赤的注意力時，一陣沉重的奔跑聲自黑暗中傳來，而且越來越大聲。

碰！盧刺卡被一個高大的黑影撞開，手中的馬奶掉到了地上，灑得滿地都是。

「你現在就得死，黑耳獺。」札納惡狠狠地瞪著烈赤，抓住烈赤的頭往木樁撞去。

「札納，你幹什麼？大汗都還沒開口，你憑什麼動手？」盧刺卡衝向前，抓住札納的手臂。

「滾開，你給他食物，你也得死。」札納將盧刺卡推開。

「唉哦，痛痛痛！」盧刺卡禁不起他這麼一推，重重摔倒了地上。

盧刺卡吃痛，邊爬邊喃喃自語，然後朝黑暗中跑去，一下子不見了。

「你們的箭贏不了，就埋伏我父親，是吧？」札納抓著烈赤的頭髮，在他耳朵旁問道。

烈赤的頭被拉的高高的，幾乎無法呼吸。

「說話！」札納大吼。

「……」

「狗雜種！」札納放開烈赤，朝烈赤腹部踢了一腿。

烈赤剛喝下的馬奶頓時從他的鼻孔和嘴裡噴出，他不斷咳嗽，每咳一次，就是撕心般的劇痛。札納紅了眼，又是踢腿，又是拳頭地往烈赤身上招呼過去。但烈赤幾乎感覺不到疼痛，甚至感謝札納的到來。劇痛與怒火將悲傷驅逐得一乾二淨，他品嘗疼痛，並要自己牢牢記住每一刻，越是痛苦，他越要活下去。烈赤慢慢抬頭瞪視札納。札納又揮了好幾拳，才發現烈赤看著自己，不，札納瞇了眼細看，那是……瞪著自己。札納傻了眼，大吼一聲又揮出一拳，但拳頭猛地停在半空中。札納感到手臂被抓住，來人強而有力，他立刻用手肘向後頂去，但那人緊抓札納的手向背後折去。札納大叫一聲，無法再移動分毫。

「札納，大汗命令你來取走他的性命？」來人說話充滿威嚴，有著令人無法抗拒的氣勢。

「巴、巴特爾？我只是來檢查他有沒有要逃走而已。」

「我相信你，那麼現在罪人有可能逃走嗎？」

「沒、沒有。」

「那麼我代替部族謝謝你。現在回去吧，明天就是那達慕了。」巴特爾鬆手，札納立刻退到一旁甩著手臂，怒目瞪向躲在巴特爾後方的盧刺卡。

「部族的罪人，你是否與阿古拉密謀，殺了烏能根？」巴特爾問道。

烈赤張開嘴巴，看著巴特爾，卻只發出斷斷續續的呻吟聲，最後他使盡全力搖頭。

「那麼參加那達慕吧，讓長生天證明你的清白。」巴特爾欣賞烈赤不服輸的眼神。

「札納，由你來決定罪人用什麼技藝來向長生天證明吧，摔角還是射箭？」

「摔角。」札納不加思索地答道，露出勝利的賊笑。

「罪人，你接受嗎？」

烈赤點了點頭。

「岱欽？」巴特爾朝暗處看去，

札納吃驚地往巴特爾視線望去，果然黑暗中有個高大的身影，那身影點了點頭，一聲不響地離去。

「盧刺卡，替罪人處理好傷口，明天他要用力量證明自己的清白。」巴特爾頓了頓。「札納，接下來你會待在氈帳裡好好休息，對吧？」

「是。」札納點頭。

巴特爾對著烈赤點了點頭，轉身離去。札納狠狠瞪了烈赤一眼也走了。

「巴特爾可真是越來越有氣勢了啊？」盧刺卡趕緊跑向烈赤。

盧刺卡瞇著老眼解開烈赤身上的繩索，烈赤沒有回應，頭垂得低低的一動不動。盧刺卡緊張地將手指放到烈赤的脖子上，心中一顆大石才落下。脈搏雖然很微弱，卻不服輸地鼓動著。

「可憐的種啊。」盧刺卡將繩子丟在一旁，用肩膀撐起烈赤，蹣跚地走向氈帳。

回到氈帳後，盧刺卡將烈赤的衣服脫掉檢查傷勢。烈赤身上滿是大片大片的瘀傷，冷冽的空氣使其呈現駭人的青黑色。滿是補釘的皮大衣為烈赤吸收了不少力道，至少四肢骨頭沒有裂開。盧刺卡看到烈赤凸出的右腹，不禁皺了眉頭，他摸到到變形處時，昏迷的烈赤發出一陣呻吟，但盧刺卡不動於衷，繼續檢查。

「斷兩根呀，小子？」

盧刺卡喃喃自語，拿出一塊凍得硬梆梆的羊油用雙手摩擦，然後塗抹在烈赤的瘀傷上。塗完後，盧刺卡手上的羊油也幾乎化光了。他舔了舔雙手，看著烈赤變形的右腹部，不禁嘆了口氣。

骨頭斷掉只要當下沒死，通常都可以復原。雖然痛不欲生，但對戰士來說算不了什麼，草原上甚至有骨頭癒合後會更強壯的說法。但這小子可沒什麼時間，天亮他就得參加那達慕。摔角可不能穿著皮大衣，而是裸露著前胸後背，用力量與巧勁制服對手的技藝，而誰都知道，札納穩拿摔角第一。

盧剌卡將烈赤衣服穿好，用皮毯緊緊裹住。然後拿出一大塊乾奶，丟進皮水囊裡，用刀柄隔著皮囊敲碎，然後他拿起皮囊跟一袋馬奶酒走出氈帳，朝草場走去。四周一片黑暗，盧剌卡故意打了個大大的哈欠。

「那誰，幹什麼？」夜哨在黑暗中喊道。

「是我，盧剌卡。」

「半夜出來幹什麼？」

「掛點奶酪喝，明天就那達慕啦！」

「臭老頭，給我滾回氈帳去。」

「欸，天這麼冷，來口吧？」盧剌卡喝了一口馬奶酒，將酒囊拋給夜哨。「掛好我就回來啦。」

「呿，老醉鬼。」夜哨接起酒囊，仰頭就是一大口。

盧剌卡朝馬群走去，喚來了自己的馬兒，將混了乾奶的水囊掛在馬背上，再使力朝馬臀一拍，馬兒立刻跑回馬群裡。離天亮還有好一段時間，水囊靠著馬兒的體溫和身體晃動，到了早上，烈赤就有溫熱的軟酪可吃，不用幾口就能有精神。

「你說，明天摔跤誰贏？」盧刺卡走回夜哨旁。

「不是札納是誰？」夜哨答道。

「幾年前還是個小矮子，誰知道都吃些什麼？」

「問烏能根吧。」

「都被阿古拉殺了，問什麼？」盧刺卡側了側身。「聽說是在赭嶺？」

「你這老頭子，問這做什麼？」夜哨皺眉。

「就是老頭子才問，每天幫你們修馬鞍、修車軸，悶到都快死啦。」

「聽說是要搶金雕吧，要做什麼鷹翎箭的。」夜哨喝了一口馬奶酒。「那都是屁，能射穿腦袋的箭才是真的箭，管他什麼做的。」

「他們真的有看到金雕嗎？」

「屍體都帶回來了，跟狼差不多大，你信嗎？」

「哼，夠怪了，塔陽莫名其妙死了，馬上又死了兩個人，現在連金雕都跑出來了。」

「老頭子，管好你的嘴。」夜哨將酒囊丟給盧刺卡。

「好好好，老頭子就是閉嘴修東西。」盧刺卡拿了酒囊，走沒幾步又停下。「對啦，金雕屍體在哪？老頭子可得看看呀。」

夜哨翻了翻白眼。「在塔陽薩滿的氈帳裡，去看，被我抓到剛好可以砍死你。」

「等你啦，哈。」盧刺卡轉身，搖搖晃晃離去，臉上滿是愁容。

天快亮了，盧刺卡躺在烈赤旁邊幾乎沒睡著，卻意外地有精神。烈赤還沒醒來，但呼吸已穩定許多，這令盧刺卡感到心安。他輕輕站起，離開氈帳跑向營盤的另一端。一大早而已，族人全走出了氈帳忙碌。納達慕是部族一年一度的盛事，族人們聚在一起，比試賽馬、摔跤與射箭。獲勝者可以獲得大汗的賞賜，武器、皮甲到牲畜都有，更重要的是族人們的敬佩與地位。那達慕通常在夏天舉行，但塔陽薩滿驟逝，據說重重打擊了大汗努桑哈，因此他決定在天葬之後舉辦那達慕。藉此頌揚塔陽薩滿的品德與睿智，讓他回歸天上的路程中不孤單。

盧刺卡跑向草場，喚來自己的馬兒，他拿起水囊，摸了摸囊底，乾奶都已經化了開來。盧刺卡趕緊將水囊塞進皮大衣裡保暖，他看向營盤，發現場地已經聚集了不少人。回到氈帳時，烈赤正發出微弱的呻吟聲，不斷掙扎。他跑向前，仔細一看，發現烈赤雙眼還是閉上的。夢到什麼啦？盧刺卡心想。眼看烈赤動作越來越大，盧刺卡不得不將烈赤搖醒。烈赤醒來後，雙眼睜得老大，看到了盧刺卡，便想撐起自己往後退，但立刻發出痛苦的吸氣聲。

「小子，別動。」盧刺卡將軟酪遞給烈赤。「你肚子骨頭斷了，再動，痛都痛死你。」

「現在……，什麼時候了？」烈赤道。

「喝點。」盧刺卡晃了晃軟酪袋。

烈赤接了過來，慢慢仰頭喝下。在寒冷的冬天大口喝下溫軟酪，是草原人的一大享受。但現在烈赤只能小口喝，而每一口都像是吞下千根魚骨似的刺痛。

「天剛亮，大家吃飽後就要開始了。」

烈赤點了點頭，雙眼空洞地盯著軟酪袋，彷彿脫離了這個世界。氈帳陷入沉默，沒多久，盧刺卡就難受地東張西望，亂抓身體。他最怕的就是這種沒人要說話的狀況，這小子跟阿古拉根本沒兩樣。鷹族人都這樣嗎？盧刺卡心想。

「小子，想要什麼就說，我去繞繞。」盧刺卡起身。

「我父親，有說去赭嶺做什麼嗎？」烈赤依舊盯著軟酪袋。

「阿古……，你父親倒沒說些什麼。」盧刺卡看著烈赤。「我的錯，老頭子的錯。我喝上幾口就會亂說話。」他用力踱很是氣惱。

「兩隻都死了，一隻被箭射死，一隻頭都撞裂了。」

「金雕？」盧刺卡一腳懸在半空，眉毛翹的老高。

烈赤沒有回應。

「小子，以前還有鷹在飛的時候。」盧刺卡一屁股坐下。「我聽過，鷹不像人，有一個人幫你暖床，還要有第二個。鷹啊，一遇到了，到死就那一個。」

烈赤抬起了頭，溫奶酪讓他的臉稍微紅潤了點。盧刺卡假裝沒看到，手舞足蹈地繼續說。

「如果有一隻死了，另一隻受不了，就會想辦法殺死自己，我還沒想過是真的。」

烈赤眼默默啜了一口溫奶酪，雙眼顯得無神。

「小子，長生天知道你是清白的，但我還是要說，札納這人沒什麼耐心。摔跤的時候，就別跟著衝了，先躲著吧，嗯？」

「那把銼刀給我。」烈赤盯著桌上的工具。

「小子，要做什麼？」盧刺卡問道。

「不只我父親跟札爸。」烈赤抬頭看盧刺卡。「還有另外兩個人。」

盧刺卡不只被烈赤的言語嚇到，更被他那充滿恨意的雙眼震懾住了。這不應該是年輕人該有的眼神，盧刺卡心想。

「小子……」

「先札納，再來岱欽，殺一個是一個。」烈赤淡淡地說。「我早就知道長生天的旨意了。兩隻金雕才剛出現就死光，鷹族又剩我一個，還能是什麼意思？」

「烈赤，如果真的有另外兩個人，那就告訴巴特爾跟大汗，他會……」

「我今天就會死，勃拔喀部也沒人會聽。烏能根埋伏我父親，我就殺了他兒子報仇。岱欽的話……，哼。」烈赤冷笑，伸手就要去拿銼刀。

不發一語的盧刺卡，突然抓住烈赤的手。烈赤惡狠狠地瞪向盧刺卡，大吼一聲甩開握住他的手，力道大的驚人。盧刺卡知道烈赤是要拼命了，從腰帶上掏出一把做工精緻的小刀，將刀鞘甩開，舉刀指向烈赤。

「小子，巴特爾說的話，你、我、札納和岱欽都聽到了，那這就是部族裡的規矩了。你如果打贏了札納，那就是長生天證明了你是清白的，你就可以活下去。」

烈赤大笑，笑得鼻孔噴出血沫仍在繼續笑。

「答應老頭子，先上場，要輸了再拔刀吧。殺一個是一個，嗯？」盧刺卡刀子一轉，將刀柄伸向烈赤。

烈赤點頭伸手接過，也不入鞘，直接塞進衣服裡藏起來。他舔了舔鼻下的血沫，拿起奶酪袋，仰頭和著血大口吞下。氈帳裡再次陷入沉默，空氣充滿烈赤血液的鐵銹味。草原上的人相信，人的靈魂存在於血液之中，死前若能不流血，則能保全其靈魂。盧刺卡不願去想那達慕的結局會是什麼，但若烈赤非死不可，他會向大汗努桑哈求情，讓烈赤不流血死去，這是他唯一能為阿古拉做的事了。

「那時候很暗，但我看見我父親一個人打敗兩個人，他真是鷹族第一勇士……」烈赤慢慢地說，嘴角微揚。

「你們鷹族啊，人明明也沒多少，但就沒人可以搶得了你們。」盧刺卡搖頭笑著。

「多說說吧，我父親從來不提。」

「聽說鷹族養出來的馬是全草原上最好的戰馬，主人死了也會把屍體帶回部族。箭也是最好的箭，更不用說百發百中的鷹翎箭。」

「父親說沒那種箭。」

「誰知道呢？被射中的人應該也都死了吧？」盧刺卡眨眨眼。「更不用說馴鷹了，聽說一人一鷹出去一趟，獵物就可以養活好幾家人。」

烈赤想著夜裡看到的巨大金雕，實在無法想像如何馴服如此兇悍的猛禽。那隻金雕撲向那黑影的時候……

「盧刺卡，那時候很暗，我只看到一個黑影一箭……射向我父親。」烈赤閉上眼睛。「後來一隻金雕衝出來撲倒那個黑影，結果那黑影突然變得很巨大，身邊都是一種黑色的煙……。」

「煙？」盧刺卡皺眉。

「就像……」

「嗯？」

「當我看錯了吧。」烈赤嘆了口氣。

「就像燒乾羊糞的煙，但風吹不散，反而聚集起來，像蛆一樣蠕動？」

烈赤看著盧刺卡，雙眼睜的老大。

「哈！」盧刺卡大笑，笑得眼淚都流了出來。「小子，來口馬奶酒吧？」盧刺卡跳起來，兩三下就從氈帳裡摸出一袋馬奶酒。

「啊，長生天的恩賜啊。」他灌了一大口，將酒袋遞給烈赤。「好日子？」

烈赤抬高眉毛，疑惑地凝視盧刺卡，最後他搖頭苦笑。

「好日子。」他搶過酒袋就是一口，但立刻嗆了出來。

烈赤不常喝馬奶酒，只有冬天要和父親去蒐集箭材時，父親才會給他喝個幾口禦寒。馬奶酒嗆得他不斷咳嗽，全身痛得要命，但他卻覺得無比暢快。馬奶酒的效果沒多久就浮現了，烈赤覺得輕飄飄的，身體彷彿也沒這麼痛了。氈帳再次沉默，烈赤聽得到氈帳外馬兒的嘶鳴聲與人的吶喊，但他卻覺得好遙遠。烈赤閉上眼睛享受沉默，或許真的像盧刺卡說的，今天是個好日子。他慢慢喝著馬奶酒，感受著溫熱的液體不斷流進體內。

「再多說說鷹族吧？」烈赤臉頰紅通通的。

「都是聽來的，有什麼好說？」

烈赤沉默了好一會兒，彷彿在思考什麼。「為什麼勃拔喀部要圍剿鷹族？」

盧刺卡低頭不語。

「今天我就要死了，有什麼不能說的？」

盧刺卡看著烈赤，嘆了口氣。「我不知道為什麼要攻擊鷹族，那時候我也才剛被俘虜……」

「是努桑哈下的決定吧？」烈赤再度閉上雙眼。「等等有的是機會，我自己問他。」

「不。」盧刺卡緩緩說道，「是塔陽薩滿下的指示，但那……」

烈赤心頭一震，怎麼可能是塔陽薩滿？正要發問，帳門突然被大力掀開了。

「罪人，那達慕開始了。巴特爾要我押你過去。」一名全副武裝的宿衛持刀大喊。

烈赤瞪視宿衛，強迫自己擺出冷漠的表情，他側身準備站起來，盧刺卡立刻伸手向前。但烈赤推開盧刺卡，然後雙手著地慢慢將自己撐起來。在大量馬奶酒的影響下，右腹斷骨並沒有帶來劇痛。好不容易站穩，烈赤慢慢走向前，看也不看宿衛，逕自走向氈帳外，手隔著衣服撫摸盧刺卡的小刀。

盧刺卡看烈赤離去，心中很是難受。一起身便想追上去，但久坐後血液的衝擊令他感到暈眩。陽光灑進氈帳裡，盧刺卡不禁伸手遮擋，朦朧之中，盧刺卡望向離去的烈赤，彷彿就像看見阿古拉一樣。

老朋友，你們鷹族總是一個樣嗎？盧刺卡心想。

天空依舊灰濛濛的，佈滿灰色厚雲。草場上早已擠滿人潮，要塞馬的人忙著檢查鞍具上的繩結，比射箭的人忙著保養愛弓、檢查箭簇與箭羽，而要摔角的人呢？早已和其他人扭在一起暖身子了。其他前來觀看的部族也聚集在一旁，有的忙著打探勃拔喀部的實力，有的站在載滿貨物的馬兒旁，準備開始交易。雖然勃拔喀部不像札答蘭部或克烈部那麼壯大，但近年來迅速發展，使弱小的部族不得不對其打好關係，而強大的部族則想與其交盟。各族的使者穿著裝飾繁複的長袍站在一起，彼此卻不交流，連眼神也不接觸，安靜地等待。

大汗努桑哈站在人群中間，環視著眾人。他個子不高，穿著上好的貂皮長袍，腰間繫著一把長刀。他頭髮幾乎斑白，綁著辮子垂掛在兩側。滿是皺紋的臉上帶著無比驕傲的神情。而高大的巴特爾身穿厚實的牛皮鎧甲，一手放在背後，一手握著刀柄，威風凜凜地站在努桑哈旁邊，或許沒見識的外人會以為他才是大汗。

「乞顏部呢？」努桑哈輕聲問巴特爾。

「父親，他們失約了。連翁吉剌部都到了，他們沒理由沒到。」

努桑哈罕見地露出疲態，他輕輕點了點頭，深深吸了一口氣。

「札答蘭部、泰赤烏部、翁吉剌部、塔塔兒部、合答斤部、撒勒只兀部的使者們，你們大汗對塔陽的致敬，對我族意義重大。你們將可享用我族的粗鹽、鮮肉與馬奶。」

勃拔喀客族人紛紛看向這些使者，他們各個挺直身軀，朝努桑哈點頭。草原上各部族的紛爭永不停歇，除了私人恩怨，更多是為了水草。一旦水草不足，再堅強的盟友也會在瞬間拔刀相向，因此勃拔喀部的族人們多是冷眼打量這些使者。

「冬天一年比一年寒冷，水草一年比一年稀少。這是長生天的考驗，因為這個草原上，只有強者才能奔馳。」努桑哈環視眾人。「看看我們，刀在腰上，弓在背上，上了馬就能到想去的地方，拔了刀水草就是我們的。」

勃拔喀部的人們爆出一陣歡呼與吶喊，氣勢頗為驚人，但被收編為勃拔喀部的戰俘們，僅站在人群之外，默默看著努桑哈，雙眼間滿是疲倦了的無奈。

「我們每個冬天都能活下來，牲畜越來越多，除了勇猛的戰士外。」努桑哈看了看岱欽。「也是因為塔陽能與長生天對話，向我們傳達了長生天的旨意。他的咒語，讓勃拔喀部勇往直前，他的祝福，讓勃拔喀部壯大。」

勃拔喀部人民再次歡呼，受過訓練的戰馬處變不驚，但遠處啃草的羊群們則嚇得四處奔逃。努桑哈停頓了一下，享受充滿生命力的吵雜聲。

「但塔陽有更重要的使命，所以長生天將他召回天上。我們不可違背長生天的旨意，但塔陽是勃拔喀部重要的一員。我們舉行那達慕，為的就是頌揚塔陽的品德。我們將用力量、戰鬥與血汗來讚美塔陽的功績。」

努桑哈雙頰暗紅，額頭上掛著點點虛汗，他看著人群，胸口不停的起伏著。巴特爾見狀，便走向前去，人群立刻安靜了下來。

「射箭、摔跤與賽馬的獲勝者，皆可得一把長刀，三匹戰馬，三十隻羊，一套牛皮鎧甲。其他部族的友人們，我們邀請你參加晚宴，吃不完的肉，喝不完的馬奶酒任你們享用。我們將敘說塔陽薩滿的故事，說上三天三夜！」

那達慕就在眾人的歡呼中開始了，將一切看在眼裡的烈赤再次為自己與父親的渺小感到驚訝。明明自己的世界毀滅了，為什麼別人的世界絲毫不受影響呢？烈赤無聲地質疑。

恨意再次襲來，烈赤冷冷地看著眾人，握緊暗藏的小刀。一旁的宿衛持刀押住烈赤等待命令。其他部族的使者輪番走向努桑哈與巴特爾，傳達受命帶來的訊息，多半是與勃拔喀部聯姻的邀約。巴特爾在草原上已闖出一番名號，流傳的多半是高大英俊、戰士三藝均精通的說法，但讓各部族垂涎的則是勃拔喀部日漸壯大的力量。誰若能與其聯姻，就更能鞏固自己在草原上的地位。

人群中有個特別高大的身影走了過來，烈赤遠遠就知道那是岱欽。被他踹了一腳的頭還在隱隱作痛，他努力不露出任何表情，冷眼瞪視岱欽。

「等札納拿下第一名，就將他丟上場。」岱欽看也不看烈赤。

「是。」宿衛大聲回答。

岱欽轉頭就走，烈赤壓住拔刀的衝動，但他知道這是送死，或許還有機會……。烈赤對自己的坦然感到驚訝，或許接受將死的事實後，再也沒有什麼值得害怕的了。只有有件事情他一定要問清楚，為什麼是塔陽？

部族的長者已經將摔跤手配對好了。草原上的摔跤不分體型重量，一跤決勝負。因此摔跤手體型差距可大可小，但草原人並不在意，摔跤更重要的是技巧，而非體型。摔跤手們裸露上身，揮舞雙臂跳舞進場朝努桑哈行禮，接著繞著對手旋轉一圈，握手表達敬意後，長者一發令，摔跤手們便扭在一起。

喀拉！才剛開始不久，烈赤就聽到類似骨頭斷掉的聲音，接著便是慘叫聲。他看見札納手抓著另一名摔跤手的手腕，膝蓋壓在他的肩膀上，沒有移動餘地的鎖骨已被壓斷，那名摔跤手痛苦地掙扎，眾人紛紛發出驚呼聲。慘叫雖然大聲但卻短暫，慘敗的摔跤手用力咬住牙齒，不讓自己喊出來。來自其他部族的使者紛紛投出肯定的目光，向努桑哈恭賀擁有如此兇猛的勇士。一直等到長者發出警告，札納才肯停手。他站起來環視其他摔跤手，最後對烈赤露出冷笑。但烈赤依舊面無表情，如果父親還活著，他應該會站在角落，用眼神要求他不准失敗，這讓他感到一絲安全感。烈赤苦笑，閉上眼睛。

札納拿到第一名是遲早的事情，而自己死亡也是遲早的事情。在這有限的時間裡，他寧願眼前是一片黑暗，也不要是這群陌生人們。馬奶酒還在烈赤血液裡流竄，閉上眼睛後，周遭的聲音似乎離他越來越遠，彷彿自己離開了這個世界。這就是馬奶酒的力量嗎？烈赤似乎理解為什麼盧剌卡每天都沉浸在馬奶酒中了。人群的驚呼與叫好聲不斷響起，但烈赤幾乎聽不到，現在他的思緒被盧剌卡的話占滿了。是長生天的旨意？還是骨占的結果？為什麼塔陽薩滿要指示勃拔喀部攻擊鷹族？

有人說塔陽年輕的時候，是一名比誰都要兇悍的勇士。當時勃拔喀部僅是一支無名的游牧隊伍，只配享用其他部族不屑的水草與獵場。然而，當族人快餓死時，由他率領的劫掠隊伍總能奪得滿滿的戰利品。在某次劫掠中，塔陽說他聽到了長生天的聲音，從風裡傳來，從青草搖曳聲中傳來，從刀鋒互碰的火花裡傳來。從那天起，他丟下刀弓，跳下馬背，轉而向部族裡的薩滿學習。從那之後，不知從何處來的白色海青成為了塔陽的象徵，不知不覺地他少了肅殺之氣，多了歲月的刻痕。烈赤怎樣都想不透，沉默卻慈祥的塔陽是下令攻擊鷹族的人。是他還在馬背上揮舞長刀的時候，還是坐在氈帳裡搖晃著札達石的時候？烈赤下定決心要在摔跤中活下來，如此他才能親口問努桑哈。

人群的吵雜聲突然停止，風聲取而代之。他好奇地睜開眼睛，但陽光卻明亮地害他眼睛發眩，不得不伸手遮擋，引來身體一陣疼痛，好一會兒他才驚覺發生什麼事。原來雲層竟不知何時消失了，天空是一片純潔的藍色，一望無際，比草原還要遼闊。眾人疑惑地看向天空，不發一語，彷彿灰色厚雲才是正常的。重物撞擊地面的聲音打破了沉默，人們的注意力重新回到了摔跤上。

「摔角第一勇士，札納。」長者抓札納的手，向天空高舉。

人們開始歡呼，但仍有不少人仍望著天空，議論紛紛。這令札納感到不快，但今天他的目標不是族人的關注。

「各位，札納已是第一流的戰士，也是受長生天祝福的勇士。他替族人帶回來的獵物比誰都多，劫掠時也是最勇敢的前鋒。」岱欽一邊宣布一邊環視眾人。「他將加入宿衛，與我一起用生命保護大汗，為大汗揮舞刀刃。」

努桑哈點頭，顯然早已知道岱欽的安排。他走向前，將配刀解下交給岱欽。札納立刻下跪，伸手接過佩刀，正式成為大汗宿衛隊的一員。努桑哈看了看無雲的天空，眉頭緊鎖，轉身便要離開，但巴特爾在努桑哈耳邊細語，這下努桑哈的眉頭鎖得更緊了。他點點頭看向岱欽。岱欽立刻朝烈赤身旁的宿衛揮手，烈赤立刻被拉起來。痛楚讓烈倒抽一口氣，他勉強向前走去。眾人用看戲的目光看著烈赤，他強迫自己忽略眼前的人，努力讓自己面無表情。

「為了搶奪製箭師的位置，阿古拉父子偷襲了烏能根，烏能根以一檔二奮勇抵抗，雖然反敗為勝，卻也失血過多死去，無力追趕逃走的罪人之子。」岱欽喊道。「但長生天是公正的，罪人之子跌下山壁昏死，被札納逮住。為了還烏能根一個公道，理應立刻處死，但罪人之子聲稱自己無罪。在巴特爾的見證下，罪人之子可以用力量向長生天請訴，讓長生天裁示他是否有罪。」

眾人議論紛紛，其中更不乏笑聲，來自其他部族的人則打量烈赤準備看好戲。用決鬥來證明清白的舉動並不罕見，但體型相差如此巨大，且其中一方還遍體鱗傷的狀況就沒人見過了，大家都知道，這跟處死沒兩樣。烈赤被推上摔跤場，札納將努桑哈賜予的刀交給長者，裸著上身揮舞雙臂，雙眼緊盯眼前的獵物。烈赤慢慢地將滿是補釘的皮外套和上衣脫去，上衣落地時，不少人發出驚呼聲。烈赤身上的瘀傷被寒冷的空氣凍成大片大片的紫黑色，幾乎看不到正常的皮膚。又有人開始大笑，但烈赤絲毫不放在心上，他伸手撫摸褲子裡的小刀，雙眼緊盯札納不放。

「贏了赦免，輸了就地處死。」努桑哈不耐煩地揮手。

長者發號，烈赤走向前與札納握手。劇痛自烈赤被捏扁的手掌上傳來，札納狠狠出力，得意地端詳烈赤。好不容易掙脫後，烈赤的手不由自主地抖著，但他的表情始終保持如一。長者看了看兩位，才剛要發令，札納已衝向烈赤，雙手伸向烈赤的肩膀，想將他撲倒。但烈赤滾向一旁，躲過札納的雙手，卻也讓自己門戶大開。札納轉身一腳踢過去，烈赤閃避不及，弓起身體護住腹部。札納因而踢中烈赤的大退，疼痛卻不致命，烈赤想站起來，但緊接而來的是一連串的猛踹，烈赤只能拼命護住腹部，不斷承受札納的重擊。烈赤往上看，背對太陽的札納只是一團黑影，陽光極為刺眼，不時透過札納刺痛烈赤的眼睛，他想伸手遮住眼睛，卻絲毫沒有辦法。札納一次又一次的重擊，成為烈赤是死亡的倒數。

突然攻擊結束了，烈赤睜開眼睛，發現札納伸手抓過來，他咬牙向上踹出一腳，似乎踢中了什麼東西。烈赤想看清楚，但四周盡是飄揚的塵土。札納雙手抱臉退開一步，顯然烈赤那一腿踢中他的鼻子。少了札納的影子，烈赤全身沐浴在陽光之下，他雙手靠在地上，卻再也沒有力氣將自己撐起。札納怒吼大步跨來，臉上滿是鼻血，他彎腰使勁抓住烈赤的肩膀，硬生生地將他從地上抓起，一記頭錘撞向烈赤的臉，他被撞的頭暈腦脹，無力地向後仰去。時間彷彿凍結了，每一個心跳都變得好長，札納身後的太陽似乎沒這麼刺眼了。這是烈赤第一次直視太陽，完美的純白光體高掛在藍天之上，比任何事物都高，不斷射出帶來生命的虹芒箭矢。烈赤下意識地想閉上眼睛，但卻迷戀地看著太陽不願閉上。他感覺的到雙眼被灼燒的痛苦，但比起太陽帶來的澎湃生命力，這點痛苦不算什麼。純白無瑕的光芒之中，卻不知怎地出現了一個黑點。烈赤皺眉，焦急地伸手揮向天空，渴望將黑點去除。札納以為烈赤想要反擊，又是一記頭錘撞向烈赤。這下讓烈赤回到現實，他左手胡亂揮出一拳，打中札納的臉，右手摸索褲子裡的小刀，大吼一聲就要拔刀。但札納不給烈赤機會，他用雙手掐住烈赤的脖子，直接將他從平地拔起。

烈赤拼命用力呼吸，卻是白費力氣。他感受到鼻腔裡的血倒灌進肺裡，身體不自覺地痙攣想將血咳出，但肺裡卻沒有任何空氣。他仰頭看向天空，陽光依舊刺眼，但剛剛看到的那個黑點卻漸漸橫劃過太陽，烈赤用盡最後的力氣瞇眼，希望能看得更清楚一點。黑點的兩側似乎在拍動著，在天空之上，太陽之下，那只能是鷹……。

烈赤笑了，札納瞪大雙眼，無法相信烈赤還能笑出來。但札納注意力立刻被搶走了。人們的尖叫聲從四面八發傳來，馬群不斷嘶鳴，朝四方奔竄。隨著那隻無名的鷹飛過，太陽竟也跟著蒙上一層黑影，黑暗漸漸覆蓋遠方的草原，朝勃拔喀部的營盤襲來。一匹受驚的馬噴出唾沫，朝札納與烈赤衝來。札納鬆手向後退開，任由烈赤摔倒在地，他貪婪地吸入空氣。他勉強抬頭，發現太陽彷彿被什麼東西覆蓋住似的，只剩一道殘存的光圈。四周頓時陷入一片黑暗，伸手不見五指。札納大吼，揮著手四處亂抓。烈赤趁機滾開，穩住氣後他跪在地上閉上雙眼。聲音從四面八方傳來，形成混亂的噪音，但烈赤分辨得出有幾匹馬在奔竄，有多少人忙著躲進氈帳裡，噪音竟在烈赤腦海中形成一道道畫面。他可以清楚聽見岱欽大聲下令，拔刀保護大汗和巴特爾，也聽見一種奇怪的耳語從四面八方傳來，但烈赤聽不懂那是什麼語言。附近傳來粗重的喘氣聲，不時伴隨狂怒的吼聲，他知道那是札納。

「野豬，這裡！」烈赤虛弱地喊道。

札納立刻轉頭，但黑暗之中他什麼也看不到。

「黑耳獺，死吧。」札納大吼，朝著烈赤奔來。

烈赤依舊閉著眼睛，聽著札納沉重的腳步聲不斷靠近，他壓低身體，算計著札納的身高。接著揮出拳頭，朝黑暗中用力擊去。札納的鼻子再次被烈赤擊中，力道不大卻驚人地疼痛，令札納幾乎無法思考，只能盲目向前亂抓卻徒勞無功。接著他又被擊中一次、然後再一次。最後，隨著札納沉重的身軀倒向地面，烈赤也終於不支倒地。他躺在地上觀察天空中妖異的光環，他幾乎不能相信那就是太陽，但他確實親眼看見光芒被逐漸侵蝕殆盡。烈赤聽的道岱欽還在大聲下令，要眾人安靜下來，而黑暗中依舊傳來陌生的細微耳語。難道這就是長生天的聲音？烈赤心想。

他閉上雙眼，嘗試聆聽，但這不是他能理解的語言。他勉強坐起，正想靠得更近的時候，耳語無預警地消失了。同時烈赤發現天空的光環被破壞了，光環左側突然閃出耀眼光芒，驅逐了黑暗。漸漸地烈赤可以看見四周了，人們目不轉睛地看著太陽再次出現，有些人開始歡呼，但更多人臉上滿是憂慮。岱欽與宿衛隊持刀站在努桑哈與巴特爾身邊，警戒地觀察四周。確認沒有敵人後，岱欽才下令讓人去將驚嚇的馬兒帶回，並要眾人安靜。

「長生天庇佑，陽光再次閃耀在草原上。就算塔陽不在，異相也無法嚇阻勃拔喀部，那達慕終將繼續。」努桑哈環視眾人，最後他目光停留在札納和烈赤身上。

札納面朝地倒在地上，臉上滿是鮮血。而烈赤就坐在旁邊，毫無懼色地迎接努桑哈的目光。跑了老遠的長者快步走向札納，他搖了搖札納，卻得不到任何反應。長者朝努桑哈和岱欽搖了搖頭，岱欽不發一語，臉色相當難看。

「札納無法再戰，勝者烈赤。」長者將烈赤扶起，高舉烈赤的手。

「長生天已裁定勝者無罪，任何罪行就此赦免。」努桑哈甩甩手，蹣跚離去。

四周安靜地出奇，沒有噓聲，也沒有歡呼。烈赤放眼望去，所有人互相咬著耳朵，狐疑地瞄著烈赤，彷彿他是某種怪物。眾人的猜疑幾乎要淹沒烈赤，甚至比被札納痛毆還要難受。要不是長者還扶著他，他肯定會倒地昏去。他轉頭避開眾人的視線，卻看見巴特爾用手遮住陽光，還在觀察天空，彷彿仍被異相震懾住似的。岱欽指揮兩名族人將札納抬走，一轉頭便與烈赤對上了眼。烈赤心跳莫名其妙地加快，他知道那是看向獵物的眼神，也知道如果躲避視線，下場就是被獵殺，因此他迎向岱欽的瞪視，哪怕心幾乎快從嘴裡跳了出來。巴特爾突然轉頭大步朝烈赤走去，彷彿不曾發生過異相似的，他輕拍烈赤的肩膀，打斷了烈赤與岱欽的無聲對峙。

「我依舊會用你父親的箭。」巴特爾微笑，轉頭看向岱欽。「岱欽，將烈赤扶下去，派人療傷，他現在是清白的勃拔喀部人。」

「是。」岱欽對旁邊的宿衛使了眼色，那名宿衛立刻朝烈赤走去。

「岱欽，我是說你。其他人去我可不放心。」

岱欽瞄了一眼巴特爾，沉默地朝烈赤走去。長者識相地避開，失去支撐的烈赤險些倒下，但岱欽用精壯的手撐住烈赤。烈赤無力獨自前行，雖不願意但也只能讓岱欽扶著，他近乎霸道地拖著烈赤離去，但他施力巧妙，烈赤腹部的裂骨竟無劇烈疼痛。烈赤從未如此靠近岱欽。這位宿衛隊長向來寡言少語，似乎與任何人都處不來，就連宿衛隊對他也是尊敬大於情誼。岱欽武藝相當高超，多年的宿衛隊長生涯沒少過挑戰者，而他活到了現在，四肢完好無缺，揮出的刀依舊致命。他沒有娶妻，沒有兒子，每天活著的目的似乎就是成為勃拔喀部的利劍，還有找阿古拉的麻煩。打從烈赤有記憶以來，岱欽便不斷刻意找父親的麻煩，但父親靠做得一手好弓好箭，掙得了氈帳、肉與馬奶。但岱欽仍舊想將父親送進劫掠前鋒隊，巴不得阿古拉死了的好，每個戰俘都知道。

烈赤觀察岱欽的臉，思考他會不會就是夜裡看到的黑影，因為岱欽幾乎與那黑影一樣高大。但為什麼被金雕撲倒後的身形變如此巨大？烈赤始終想不通。疲倦感重重襲來，他幾乎快昏了過去，就在這時他看到岱欽晃動的皮帽下有著幾道傷口。烈赤幾乎沒有思考，伸手將岱欽的皮帽抓下，三道不淺的傷口劃過岱欽的耳朵附近，邊緣甚至有點翻捲了起來。見過金雕巨爪的烈赤明白，只有這種巨大猛禽才傷得了岱欽。烈赤還沒回過神來就下意識地拔出小刀刺向岱欽。但岱欽輕鬆隔開烈赤的攻擊，沒了支撐的烈赤朝地上倒去。烈赤不顧腹部裂骨的劇痛，想再撲向前去，卻被兩旁的宿衛牢牢制住。岱欽撿起地上的皮帽，隨手戴上。

「鷹族今天滅了。」岱欽冷笑。

宿衛踢向烈赤，逼得烈赤跪了下來，但烈赤目光不曾離開岱欽。

「你以前偷襲鷹族，敗給了我父親，是吧？」

岱欽雙眼猛睜，五官扭在一起。他舉起右手，一旁的宿衛見狀立刻拔刀，架在烈赤的脖子上。

「哼，我想也是。」烈赤冷笑。「回答我，是塔陽下令要你圍剿鷹族？」

岱欽不發一語，手驀然落下，宿衛的刀子也揮了出去。

「岱欽！回答……」烈赤還未吼完就驚覺一股壓迫感自背後襲來，竟無法再吐出一字半句。

鏗！一支箭矢破空而來，竟射穿了持刀宿衛的手掌，硬生生將刀擊開。宿衛慘叫，但眾人顧不得他，忙著看是誰射的箭。巴特爾持弓站在七十步的距離外，冷眼看著這齣鬧劇，手上的弓弦仍在震動，發出沉鳴聲。

「請大汗過來。」巴特爾對附近的人下令，然後朝岱欽走去。

烈赤猛喘氣，但他現在顧不了這麼多，才要再問，卻發現岱欽緊盯走來的巴特爾不放，滿臉懷疑的神色。

「岱欽，長生天已證明烈赤清白，為何還要動刑？」巴特爾問道。

「他意圖刺殺我，我只是執行部族就地處死的規定。」

「好不容易證明清白，又立刻找死，說不通吧？」

「這是他拔的刀。」岱欽踢了踢地上的小刀。

「交由大汗決定吧，今天若有人死去，恐怕是凶兆。」

岱欽點頭沒有回應，巴特爾對著烈赤微笑，但烈赤笑不出來，狠狠地瞪向岱欽。

「回答我！」烈赤喊道。

岱欽翻了白眼，似乎不堪其擾，巴特爾則是疑惑地看著兩人。

「塔陽下的令，但那是來自天上的旨意。」岱欽瞄了一眼巴特爾，低聲答道。

彷彿有一記落雷擊中了烈赤，他根本無法將塔陽與滅族仇人連結在一起。父親知道嗎？他感到體內血液猛然翻湧，頭一暈昏了過去。

「扶好他。」巴特爾朝一旁的宿衛說道。

「我未來的大汗，一箭就將刀擊開，你的技巧又更加熟練了。」

「若我慢了，不就又有血要撒在草原上？弄不好是是凶兆，那達慕是要頌揚塔陽，不是鬧劇。」

「我的人中箭也流不少血，這不是凶兆？」岱欽冷眼看著巴特爾。「還是我未來的大汗射偏了？」

巴特爾笑而不語。這時一名族人奔來，跑到巴特爾身邊耳語。

「今天大汗不允許有人死去，若烈赤真的有罪，就放逐他吧。」

「是。」岱欽冷冷答道。

烈赤感到有東西靠在他身邊，他猛然睜眼，竟看到大老黃忙著用頭磨蹭他的臉。太陽已經快要落下了，盧剌卡在蹲在一旁，手忙腳亂地整理地上攤開的布囊，上面擺著一堆東西。

「我還沒死吧？」烈赤虛弱問道。

「沒死，但快啦。」

「管他岱欽還誰，都來吧。」

「沒有誰會動手，但你還是快死啦。」盧剌卡終於收拾好布囊。

「什麼意思？」

「你被放逐啦。」

「放逐？」

「大汗不想在那達慕上殺人，再來，長生天證明你是清白的，沒人可以動你。」

烈赤低頭看了看傷勢，他知道冬天被放逐跟處死沒兩樣。

「誰知道呢？你不也擊敗了札納？」盧剌卡罕見地沒有酒氣。

「沒有異相，我贏得了嗎？」烈赤苦笑。

「不知道，我只知道真正的戰士在任何情況下都能繼續戰鬥。」盧剌卡微笑。「就像阿古拉。」

「要不是我父親訓練過我……」烈赤握緊拳頭。「是岱欽殺了我父親。我親眼看見他的頭有金雕的爪痕，就是他。」

「你確定？」盧刺卡張大了嘴。

「普通的鳥能抓傷岱欽嗎？」

遠方傳來人們的歡呼聲，打斷了兩人的對話，也為漸暗的草原添加了一股生氣，但烈赤只覺得無比荒涼。

「今年那達慕就剩射箭了。」盧刺卡看向營盤。

「肯定是巴特爾勝了吧？」

「嘿，拜託他贏。贏了大汗心情好，或許多賜點馬奶酒呢。」

「老頭子，你再喝下去，恐怕我回來的時候，遇不到你了。」

「小子，輪不到你說話。」盧刺卡翻了翻白眼，但又領悟了什麼似的。「小子，聽我的，別想著要回來。出去了，就再也不要回來了。」

烈赤沒有說話。

「不管是不是岱欽動的手……」

「就是他。」

「小子，阿古拉不會希望你替他報仇的。」

「我要替鷹族報仇，塔陽已經死了，岱欽也得死。」

「唉，我真不該……」

「岱欽說塔陽下的令是天上的旨意，你能信嗎？」烈赤笑了出來，眼中卻是藏不住的怒火。

「小子，那時候塔陽還不是薩滿，他還拿著刀子。」

烈赤收起了笑容，仔細聆聽。

「那時候塔陽聽到的聲音，不一定是長生天的。」盧剌卡警覺地看了看四周。「我問過上一任的薩滿，那恐怕是蟒古斯的聲音。」

「蟒……？」

「聽說戰士們都聽過，但誰知道？我就沒聽過。」

「聽過什麼？」

「蟒古斯的聲音。聽說那種聲音，就藏在敵人的慘叫聲裡，血液流淌的聲音裡，獵物死前的呼吸聲裡。」

「什麼是蟒古斯？」

「沒有人知……」

「你可以滾開我的營盤了。」岱欽從氈帳後面走了出來。

「嘿，馬上好。」盧剌卡將地上的布囊撿起。

「小子，東西拿好就走吧。以後見面就不再是同族人了。」

盧剌卡將布囊遞給烈赤，但岱欽一把搶過布囊，粗魯地將袋口打開，將裡面裝好的乾酪、牛油丟到地上。

「岱欽，這……」盧剌卡慌張地不知該如何是好。

「閉嘴。」岱欽冷笑。「既然都打贏了札納，肯定也能自己獵到食物。行囊輕一點，才可以馬上離開這裡，對吧？」

「岱欽，草原比天空小的多，有一天會再見面的。」烈赤冷冷說道。

岱欽不說話，從地上抓起一把又一把的羊糞，塞進布囊裡，綁好丟給烈赤。

「滾吧。再讓我看到你，我就只是砍死一名敵人而已。」

烈赤撿起布囊朝大老黃走去，將布囊掛在馬鞍上。盧剌卡想過去要幫他上馬，卻被岱欽的手制住，烈赤冷笑，一腳踩在馬鐙上，猛一使力將自己翻上了大老黃。腹部斷骨的劇痛立刻傳來，他似乎咬斷了牙根才沒讓自己發出任何聲音。

「帶著你可笑的刀子滾吧。」岱欽走向前，從背後拿出一把形狀怪異的刀子，丟給烈赤後轉身就走。烈赤接住，怪異的看著岱欽，再低頭看看那把刀子，那是父親做給他練習揮刀的削弓刀。

「小子，來。」盧剌卡蹲到一旁，從一堆雜物後拾起一包東西。「牠不屬於這裡，不論你要去哪，帶牠走吧。」

烈赤顫抖地伸手接過，那包東西上還有不少乾褐色的血跡。他猜得出那是金雕的屍體，重量遠比他想的還要有份量。盧剌卡又從一旁拾起一袋東西遞給烈赤，烈赤一聞就知道那是馬奶酒。

「你的斷骨會痛上好一陣子，如果真的痛到受不了就喝上個幾口吧。」

歡呼聲再次從部族中傳來。

「看來射箭是比完了。」盧剌卡往人群看去。

「盧剌卡，你永遠能享用我的鹽、肉與酒，如果還能再見的話。」

「唉喔，怪了怪了，竟然不是巴特爾贏。」盧剌卡睜大雙眼，看向遠方人群。

烈赤微笑，夾了夾馬肚慢慢離去。

「最好別再見了。」盧剌卡的眼角閃爍光芒。

「你說過了，天空很大，草原很小。」烈赤沒有回頭。

盧剌卡看著烈赤的背影，心中滿是說不出的心酸。他頹然坐到了地上，不知何時又從一旁摸出了一袋馬奶酒，狠狠灌了一口。看著漸漸暗下的天空，慢慢隱入黑暗的烈赤，盧剌卡輕輕嘆了口氣。突然他想到什麼似的，自責地拍了自己的額頭，抓起酒袋往地上倒去，不多不少恰是一名戰士一口的份量。

繁星已移動三個掌距，烈赤仍再黑暗中前進。他喝了不少馬奶酒，否則大老黃每走一步，就是一次煎熬。夜半的溫度極低，烈赤呼出的氣在大老黃的馬鬃上結成了霜，他將皮襖裹得更緊，努力不讓自己摔下大老黃。他與大老黃都需要休息，但遠方的狼嚎聲令烈赤不敢停下。至少要到赭嶺上，父親說過狼不會輕易到高處狩獵。

四周的草越變越稀疏，烈赤知道赭嶺就快到了。他希望父親的屍體不要被任何動物盯上，一想到父親孤身一人在赭嶺上，烈赤眼眶就濕潤了起來。眼淚若不抹掉便會在臉上凍起來，他趕緊伸手擦去。總不能流著淚去見父親吧？烈赤心想。但眼淚卻不聽話地流了更多出來。

繁星又移動了一個掌距，烈赤慢慢下了馬，但地上的碎石差點令他跌倒。站穩後，他將金雕屍體與布囊綁在身上，拍拍大老黃的脖子，再喝光所有馬奶酒，開始往峭壁上爬去。在馬奶酒的影響下，烈赤感受不太到疼痛，只覺得昏昏沉沉的，但肌肉的痠疼似乎被放大了，四肢不斷發抖，但他仍咬牙向上爬去。不知過了多久，烈赤的手終於碰到峭壁的頂端，但他卻立刻抽手，彷彿碰到了滾燙的木炭似的。他驚恐地看著上方的黑暗，再也沒有勇氣往上爬去。烈赤閉上眼睛，不知何時風停了，四周變的好安靜，唯一的聲音是自己呼吸聲，但漸漸地，就連呼吸聲也消失了。現在烈赤什麼都聽不到，四周安靜的可怕，彷彿什麼都不存在。但某種規律的鼓動未曾停歇，微弱卻頑強。烈赤伸手壓在胸膛上，像是在確認什麼似的。我還活著，烈赤心想。他猛然伸出右手抓住峭壁頂端，碰的一聲，彷彿敲響了戰鼓。

「我還活著！」烈赤大吼，伸出左手，接著烈赤就發現自己站上了峭壁。

就在那裡，黑暗中，隱隱約約的，烈赤知道那是父親。他以為自己會哭，卻等不到任何眼淚。烈赤發現自己無法向前走去，他貪婪地回想著札納與岱欽的拳頭，還有勃拔喀部人的目光，期待怒火能將心理的痛苦焚燒殆盡。但痛苦卻像四周的黑暗般，無聲無息地吞沒了他。風又開始吹了起來，聽說只要用心聽，就能聽見風聲裡的訊息。可能是祖先說過的話，可能是愛人的思念，也可能是長生天的旨意。父親也在風裡說話嗎？烈赤心想。終於，眼淚掉了下來，烈赤也跨出了蹣跚的第一步。

父親的眼睛安詳地閉著，除了沒有血色外，就跟睡著沒兩樣。彷彿等等他就會睜開眼睛，要自己趕快把眼淚擦掉去練揮刀。烈赤搖頭，把淚擦乾，他放下布囊，把金雕的屍體輕輕放在父親旁邊，他注意到父親身上有不少金雕的羽毛，沾滿了父親的血，他小心地將羽毛拾起放在金雕屍體旁。烈赤坐下來，看著黑暗發呆，一切都好不真實，父親死去了，自己被放逐了。手邊沒有弓，什麼也獵不了，除了等死，什麼也做不了。他抬頭看看四周，思考塔陽的天葬台在哪邊，至少自己死前能讓父親回到天上。他看了看金雕的屍體，突然倍感親切。

「你也算是跟我父親並肩作戰。」烈赤喃喃說道。「你爸媽會是鷹族的嗎？聽說以前鷹族都跟你們一起戰鬥。」

烈赤撿起一根金雕的羽毛，上面沾滿父親的血。他撫摸著羽毛的邊緣，幾乎感受到一種鋒利的觸感。

「隔了這麼久，你們怎麼又會出現……」

烈赤突然想起，自己摔落的峭壁那還有另一隻金雕的屍體。他朝記憶中的位置走去，仔細觀察峭壁下方，在黑暗中果然有個模糊的輪廓。他慢慢向下爬去，身體非常疼痛，但疼痛能讓他保持清醒。不久，烈赤便搆得到金雕了，接著他慢慢將金雕拉近自己。雖然金雕體積相當巨大，但不算太重，最後烈赤將金雕用布囊包好，綁在自己身上。突然，風中傳來細微的啾啾聲，烈赤停下動作，豎耳聆聽。不久，他再次聽到了聲音，他看著聲音傳來的方向，卻是一片黑暗。他看了看四周，決定往那爬去。這片峭壁雖然相當陡峭，但有為數不少的平台與凹陷處，雖不好攀爬，卻也方便著力。聲音不時就會傳來，烈赤得以在黑暗中找到方向。他開始聞到某種腐臭味，啾聲也越發頻繁。最後峭壁上出現了約兩人環抱的大巢。他慢慢靠近，黑暗中有兩團毛茸茸的小金雕依偎在一起，一隻勉力掙扎著，另一隻卻動也不動。

「很冷吧？」烈赤喃喃自語。

他小心翼翼地將兩隻小金雕捧起，塞進胸口裡放好，然後不斷朝皮襖裡呼出熱氣。他忍受腐臭稍作休息，注意到鷹巢滿是凍硬的樹枝，他摸了摸，將粗細適當的樹枝拔起，插進背後的布囊然後往上爬去。回到父親身旁時，馬奶酒的效果已幾乎退去，寒冷與痛楚排山倒海似地襲來，他發著抖將金雕的屍體放在一起，然後將皮襖裹得更緊，小金雕在他懷裡不斷掙扎。烈赤把盧刺卡給他的布囊打開，一股羊騷味撲鼻而來，他嫌棄地將岱欽丟進去的大把羊糞倒掉，然後摸出燧石放到一旁。他坐下來將細木枝疊成一堆，然後隨手抽起一根用削弓刀刮出木屑。木柴被凍得相當堅硬，烈赤刮得相當吃力，好不容易蒐集到足夠的木屑，他將木屑塞到木柴堆下方，拿起燧石與削弓刀互擦。火星在黑暗中四處奔竄，兩三下木屑立刻燒了起來。烈赤懷中的小金雕似乎看到了火光，啾啾叫了兩聲。

易燃的木屑立刻就燒盡了，但被凍住的木柴卻只是冒出幾縷灰煙。烈赤煩躁地繼續刮著木屑，但抖動的雙手卻再也握不住木柴，最後他大吼一聲，將木柴甩到一旁，羊糞堆被撞得散了開去，騷味也變的更重了。烈赤懊惱地喘氣，然後像是領悟到什麼，他將羊糞捏碎塞到木柴堆下，然後拿出燧石點火。乾燥蓬鬆的羊糞立刻燒了起來，他趕緊將最後的羊糞通通捧起來丟進了火堆裡，連布囊裡僅存的碎屑也倒了進去。木柴一下子燒了起來，劈劈啪啪的跳著火星。烈赤鬆了口氣，將小金雕從懷裡捧了出來。小金雕眼睛還是閉上的，但依舊好奇地伸長脖子，感受火焰帶來的溫暖。烈赤透過火光看著父親，他的臉似乎很安詳，在火光的照耀下，幾乎與睡著了沒有兩樣。然後他目光移到了父親胸口上的箭矢，眉頭隨皺了起來，他將小金雕塞進胸口裡，挪動身體靠近父親。

箭矢無情地沒入父親的胸口，箭尾不知被誰斬斷了。他想將這可恨的凶器拔起，但傷口已被凍的堅硬無比，他拼命使力但箭矢仍紋風不動。最後烈赤頹然坐下，伸手輕碰父親早已失去生氣的手，很冷，凍得烈赤好痛但他不願移開手。過去無數的夜裡，他都是這樣碰著父親的手，數著父親的鼾聲睡著的，但一樣的夜空之下，烈赤什麼都沒有了。胸口的小金雕再次發出啾啾聲，彷彿在安慰烈赤，他將小金雕捧了出來，伸出手指逗弄。

「你跟我都有同一個殺父仇人，有一天我也會幫你報仇的。」烈赤喃喃自語。

小金雕似乎聽的懂，又叫了一聲。烈赤微笑，火堆讓烈赤感到相當溫暖，他躺下來，盯著躲在厚厚雲層裡的月亮，思考天葬台在哪個方向。他打算帶金雕與父親去天葬台，讓他們可以順利地回到天上。想著想著，烈赤眼皮越來越重了，他慢慢閉上眼睛，數著火堆的劈啪聲。突然懷裡的小金雕瑟縮了起來，同時上方莫名襲來一陣強風，火堆瞬間暗了下來。烈赤警覺地蹲起來，觀察上方，削弓刀已緊握在手。一個通體雪白的物體劃過烈赤的視線，自天空急速落下，就在要撞到地面時，那物體竟張開了一對雪白的翅膀，拍了兩三下後，近乎優雅地降落在火堆旁邊。

烈赤定睛一看，發現那竟然是塔陽的海青。那海青靜靜地收起翅膀，雙眼緊盯烈赤不放，血紅色的眼珠在火焰旁閃耀異樣的光芒。烈赤一想起塔陽便十分厭惡，朝海青揮手大吼，但海青只是盯著他，動也不動，彷彿成了雕像似的。烈赤嫌惡地看了看海青，懶得再理，就地躺了下來準備入眠。他閉上雙眼，卻覺得渾身不對勁，他睜眼偷看，發現海青仍舊盯著自己。他嘆了口氣閉上眼睛，輕輕撫摸胸口的小金雕，慢慢地睡去了。

烈赤醒來時，已經是白天了。天空仍舊灰雲滿布，就太陽的位置來看，烈赤知道已經快中午了。胸口的小金雕輕輕蠕動，不時發出啾聲，火堆早已熄滅，但仍舊飄著細細灰煙，而白色的海青依舊在另一端盯著烈赤。他揮了揮手，試圖趕走眼前惱人的生物，但海青絲毫不受影響。他拾起一顆石頭想丟過去，卻發現牠嘴上叼著一個黑色的東西。仔細一看，驚覺那是父親長年帶在身邊的扳指。敢從我父親身上偷東西？烈赤一股無名火燒起，他怕驚動了海青，所以坐著用手與臀部慢慢移動身體，往海青靠去，剩一步的距離後，烈赤假裝撥弄火堆，然後無預警地抓向海青，但海青從容地一跳，瞬間騰空而去。

「還來！」烈赤揮舞雙手。

烈赤追了幾步便放棄，海青早已迅速遠去，不可能追的到了。他頹然望向父親，只覺得自己比什麼都沒有用，連隻鳥都可以欺負自己。烈赤走到父親的遺體旁跪了下來仔細觀察。父親臉上沒有絲毫血色，但卻無比安詳，彷彿死前沒有任何痛苦似的。太陽已照耀了好一段時間，他握住斷箭，一手壓住父親胸口，用力將箭頭拔起，然後恨恨地甩向一旁。他將父親衣服整理好，接著把金雕的遺體用布包住。小金雕似乎知道那是自己的雙親，努力發出叫聲，卻得不到任何回應。烈赤背對自己的影子向遠方望去，他知道父親與金雕的歸宿都在天上，他發誓死前一定要將他們送上天葬台。雖然他從未去過，但他知道天葬台就在離天空最近的不罕兒山上，離勃拔喀部只有幾天的距離。烈赤瞇眼觀察，勉強能看見山的輪廓。他將削弓刀插在腰上，隨手把燧石丟進了布囊，綁在自己身上，然後將金雕的屍體輕輕捧起，往峭壁走去。他往下看，發現大老黃還在下面悠哉地吃草，烈赤大喊，大老黃也嘶鳴了一聲回應。烈赤感到溫暖，加快腳步走向父親，正想將父親的遺體扛起，白色的海青又從天而降，他厭煩地望去，發現白海青嘴上依舊叼著父親的扳指。

「還來！」烈赤大步跨去。

這次海青竟沒有閃躲，只是冷眼盯住烈赤。牠腳邊有東西閃爍細微的光芒，吸引了烈赤注意。他發現是那支他甩開的箭矢，箭簇上的血跡早已呈現深色，他撿起箭矢仔細觀察箭頭，眉頭深深皺了起來。

草原人在劫掠時，常用箭矢來代表所有權，如果自己的箭先射在了帳門上，自己就擁有了那氈帳內所有財物。因此每個人的箭上面總會自己的標誌。但這支箭上卻什麼標誌也沒有。而父親製作的箭就不被允許有任何標誌，分配到箭的人會自行刻上。

如果有箭羽就好了，烈赤心想。父親的箭羽修剪與固定法相當特別，呈現三錐狀，甚至還能為左弓手做出向左飛旋的箭矢。若箭羽還在，烈赤就能判斷這支箭是否是父親所做。偏偏箭羽卻被砍斷取走了，單從箭簇的磨製花紋來看，這種水準在這附近，也幾乎可以確定是勃拔喀部的人射出的箭。

烈赤冷笑，將箭頭用布裹好，塞進了布囊中。一旁的白海青突然身體一低向前飛去，最後消失在峭壁之下。看著白海青消失，烈赤感到疑惑，但他立刻將之拋在腦後。他走向父親的遺體，想將父親扛起，但腹部的疼痛逼他不得不放棄。他看了看太陽，最後閉上眼睛。父親，對不起，烈赤心痛地想。然後拉住父親的衣服，將父親的遺體往懸崖邊拖去，地上的碎石讓搬運過程沒有想像中費力。石壁在日光的照耀下，沒有想像中的深，但仍有不少的距離。烈赤知道自己沒有辦法背父親爬下峭壁，因此他揹起金雕的屍體，拖著父親沿石壁走。石壁在稍遠的地方漸漸變淺，或許到了那邊，烈赤就可以背著父親下去。

不知道過了多久，西邊的雲早已呈現橘紅色了。烈赤往下看去，發現大老黃也跟了過來。石壁變得相當淺，若是沒有受傷，烈赤可能兩三下可以跳下去。他坐下來休息，看著遠方的雲，許久，他拔刀將父親的衣物切成長條狀，用來將父親的遺體綁在自己身上。最後他站了起來，腹部斷骨傳來劇痛，但他死命忍住。等他將父親揹起來時，他心痛地發現身材高大的父親竟沒有相襯的重量。他往下爬去，動作十分緩慢。父親的重量壓在身上，不時帶來劇痛，但烈赤仔細感受著，因為那是父親存在的證明。好不容易爬下石壁後，天已幾乎全暗了，他將父親安穩地放好，然後像斷線風箏一樣倒在地上喘氣。四周越來越冷，烈赤卻連將皮襖裹緊的力氣也沒有。他只覺得眼皮越來越重，這時胸口傳來的蠕動驚醒了烈赤，他知道自己該生火了，但四肢被凍得麻木，動彈不得。

烈赤聽到背後傳來規律的噠噠聲，慢慢靠近他。最後聲音停下來，同時也吹來了一股熱氣，烈赤笑了。大老黃趴下來，身軀圍繞住烈赤，用頭輕輕碰著烈赤的身體。烈赤罕見地感受到了一絲安全感，漸漸睡去。朦朧之間，烈赤聽到許多聲音，有風聲，有大老黃的呼吸聲，還有胸裡的輕微鼓動聲。但還有另一個聲音，很輕，但存在著。久久才發出聲響，每次都向烈赤越來越近。他微微睜開眼睛，看到有個黑影潛伏在自己的布囊旁，慢慢地移動，同時他聞到了刺鼻的騷味。最後那黑影停在包著金雕屍體的布包邊，輕輕地發出嗅聞聲。烈赤緩緩伸手摸向丟在一旁的布囊，握住了裡面的斷箭。

小金雕在烈赤胸口動了一下，發出了輕微的啾聲。那黑影瞬間轉頭瞪向烈赤，雙眼閃爍妖異的綠光。烈赤閉上眼睛，動也不動。許久，那黑影開始移動，緩緩靠近烈赤。刺鼻的騷味越來越重，那黑影伸長頭似乎在聞什麼，然後竟伸出細長的手靜悄悄地伸向烈赤胸口。

「啊！」烈赤大吼一聲。

那黑影猛然一震，伏低身體就想竄開，但烈赤手上的箭早已插入黑影之中，黑影發出一聲淒厲的哀叫聲竄開，聽起來竟有幾分像人。大老黃被驚醒，立刻站起來打了幾個響鼻。烈赤一邊輕拍馬腿，一邊專注聆聽黑影的腳步聲，最後聲音消逝在風中，再也聽不到了。烈赤摸黑朝最後聲音傳來的方向走去，在稀疏的草叢中，烈赤找到了苟延殘喘的黑影。

「狐狸，對不起了。」

一隻成年狐狸倒在地上，無力地看著前方，四足還在掙扎，似乎還想向前奔跑。烈赤拔出狐狸腹部的斷箭，令牠身軀猛然一抖，嘴巴張大卻發不出聲音，最後漸漸地不動了。烈赤嘆了口氣，將狐狸屍體舉高，將嘴湊近傷口，大口大口喝下狐狸的鮮血，聞起來就像沒有上油的銹刀一樣。雖然難聞，但大量溫熱的鮮血灌進腹部，烈赤可以感受到生命力在體內流竄，似乎連疼痛與寒冷都沒這麼難受了。烈赤帶著狐狸屍體回到大老黃旁，他沒有時間好好剝皮，胡亂割了狐肉，切成細條，然後將小金雕捧了出來。懷裡的小金雕自從聞到狐血後，就沒停止啾啾聲。烈赤將狐肉餵給小金雕，兩三下就被吞下肚。他一連割了數十條狐肉，小金雕竟也全數吞了下去。最後這隻雛鳥不再抬頭乞食，將頭靠在烈赤胸口睡去了。烈赤想生火煮狐肉來吃，附近卻沒有枯枝供他生火。溫熱的狐血仍在他身體中流竄，驅散了飢餓，安撫了疼痛與寒冷。烈赤看著懷裡的小金雕，靠在大老黃身上，漸漸地也睡去了，只有斷箭仍緊握在手。

這夜平靜的出奇，烈赤沒有做任何夢。睜開眼睛的時候，太陽早已微微顯露，東邊的天空一片橘紅。他摸摸胸口卻發現空無一物。他緊張地掃視四周，發現小金雕像捕食到獵物般，站在狐狸的頭上，小小的雙爪緊緊扣住狐狸的皮膚。烈赤仔細一看，才發現小金雕竟已睜開雙眼，透過金色的眼眸，無懼地直視太陽。烈赤放任小金雕感受這個世界，起身檢查大老黃身上的繩結，然後將裝著金雕屍體的布囊綁在大老黃上。整理到一半，他發現小金雕已經離開狐狸的屍體，四處跳動，見到東西就咬。烈赤將狐狸屍體綁在鞍繩上，然後將小金雕輕輕捧起，但牠還咬一旁的苜蓿花芽不放，烈赤將那一叢苜蓿拔起，摘下花芽塞給小金雕，然後將苜蓿遞給大老黃，兩三下就給吞進肚去。烈赤環看四周，最後目光停留在父親身上，他忍痛將父親扛起，輕輕地放到馬背上。

太陽已完全升起，幾乎無法目視。烈赤注意到有個白色的身影在空中盤旋，一看就知道是塔陽的白海青。小金雕似乎察覺到遠方的海青，突然從胸口探出頭來，目光炯炯有神，但沒多久就轉過頭去咬苜蓿花芽。

「這麼喜歡花的話，就叫你祈祈可吧。」（蒙古語的花）

小金雕轉頭看烈赤，似乎在疑惑什麼是名子。烈赤微笑，右膝輕輕一頂，大老黃立刻向前走去。不兒罕山在太陽下朦朧一片，但烈赤的目標清晰無比。

今年是罕見的嚴寒，各部族都選擇顧好牲畜不出遠門，似乎就連在草原上到處交換物資的旅人也躲了起來。下了赭嶺後，寒冬更加惡劣了，不時飄雪，到處都是白茫茫一片。大老黃得刨個半天才吃的到凍硬的牧草，但嚴寒卻讓狐肉得以保存。烈赤腹部的裂骨越發嚴重，四周的瘀血幾乎是漆黑一片，甚至還腫了起來。大老黃每一步都讓烈赤痛不欲生，反觀祈祈可則精力旺盛地探索這個世界。一下子探出頭來想咬住飄雪，一下子盯住遠方盤旋的海青不放。那隻海青幾乎一路跟著烈赤，雖然厭惡但他只能當作沒看到。烈赤在馬背上前進，在馬背上睡眠，終於到了不兒罕山腰，眼前的路已經不是大老黃能走的了。

「大老黃，就是這裡了。」烈赤用額頭抵住大老黃。「如果我回不來了，自己去找個母老黃吧？」

大老黃耳朵動了動，仔細聆聽。烈赤用雙手環抱大老黃的脖子，許久，他挺直身體，將裝著金雕遺體的布囊綁在自己身上，然後將父親早已凍僵的遺體搬下來。接著烈赤把自己的皮帽綁在馬鞍上，將祈祈可放了進去。烈赤拿出許多切好的狐肉餵祈祈可，但祈祈可沒有興趣，只是看著烈赤。烈赤沒有辦法，只好將狐肉放進皮帽裡。大老黃的體溫可以讓肉保持柔軟，也能讓祈祈可活下去。

「祈祈可，我不能帶你去送死，如果我活著下山，我們就一起去報仇。」烈赤摸了摸祈祈可的頭，祈祈可則罕見地咬著他的手不放，似乎不要他走。烈赤笑了笑，輕輕抽開手向後看去。

不兒罕山高聳入雲，眼前是一條陡峭的碎石坡，他不知道天葬台在哪邊，但肯定在高處。他發現一片雪白之中，有顆血紅色眼珠盯著他，烈赤不用細看就知道是塔陽的白海青，他懶得理會，彎腰抓住父親的衣服，往上拉去。厚雪讓地面變的平滑，但也令烈赤難以前進。每一步都讓他的裂骨痛不欲生，但疼痛這個逐漸熟悉的老友讓他永保清醒。四周盡是一片雪白，天與地的界線消失了。若不是父親的重量，烈赤幾乎無法得知是否在往上爬去。他很累，但力量竟不斷湧出，彷彿身體知道這是最後一次受苦，拼命地在白雪中燃燒自己。不知何時陡坡已經近乎垂直了，石壁上的裂縫與凹洞盡數被白雪掩蓋，烈赤幾乎無法攀爬。他再次將父親的遺體綁在自己身上，風雪不斷侵蝕烈赤，但他不覺得寒冷。烈赤開始攀爬，他得用手撥開白雪才能找到落腳點。父親的重量令他感到踏實。那是父親活過的證據，而現在父親就快回到天上了。

烈赤感到精力充沛，彷彿可以做到任何事一樣，但四肢卻劇烈地抖動。白色的海青站在上方看著烈赤掙扎，這次距離沒有很遠，烈赤甚至看到牠還叼著父親的烏黑扳指。烈赤這下爬得更快了，他想將扳指還給父親。父親從來沒說過那個扳指的來歷，但烈赤有記憶以來，那扳指不曾離開過父親。每當烈赤快靠近海青時，牠翅膀就會懶洋洋地一拍，瞬間又停在更高的石壁上，烈赤感到惱怒，拼命加快速度。好不容易追上白海青後，烈赤慢慢空出右手，猛然向上抓去，但海青一展翅，瞬間消失在白色之中。看著海青消失，烈赤頭一暈，身體似乎也斷了線，有一瞬間竟向後倒去。烈赤驚得趕緊伸手亂抓，好不容易穩住自己後，他才發現著手處竟是平地。他想爬上去，卻發現就連穩住自己都很吃力。烈赤知道自己支撐不了多久了，他往上看去，白靄靄的山還好高。

「父親，對不起，我沒辦法送你回天上。」烈赤的聲音在風雪中消逝。

「阿古拉是戰士，在草原上戰鬥，在草原上成家，在草原上死去，死後的歸宿也只會是在草原上。」

烈赤大吃一驚，往上看去。塔陽居然站在懸崖的邊緣，身穿白袍，與雪乎融為一體。那隻雪白的海青就停在牠的肩膀上，而那烏黑扳指則落到了塔陽手上。塔陽慈祥地微笑，但雙眼卻相當堅毅。「將阿古拉放到大老黃背上吧，任由大老黃背著他奔馳最後一次。不論走得多長，到了多遠，落在了哪裡，那裡就是阿古拉的長眠永存之地。」

烈赤看著塔陽，不知道為什麼，眼淚不斷流了出來，被風雪吹了出去，散落在白色的草原上。

第二部

又是那個人？速不台一邊跑一邊往路邊瞄了一眼。那個陌生人又坐在同一個地方，今天已經是第三天了。自從鐵木真稱汗以來，不斷有人前來投靠，營盤越變越大，陌生人也越來越多。但那人真是說不出的奇怪，速不台顧不得他，今天是他當十夫長的第一天，可不能出什麼差錯。

「喲！最年輕的十夫長，氣色不錯，來個？」一旁瘦巴巴的販子喊道，遞出一條成色漂亮的牛肉乾。

「怎麼連你都知道了？」速不台接過，大口嚼了起來。

「誰不知道你從那頭瘋馬蹄下救了窩闊台？鐵木真這樣提拔人，要不是我這雙腿，搞不好我也可以弄個十夫長當當。」販子拍拍腿，搖了搖頭。

「先給我來五條。」速不台指了指桌上的肉乾。「你這樣子就別上戰場啦，好好賣你的東西，沒事就好。」

「鐵木真快跟札木合打起來了，對吧？」販子動手將牛肉乾綁起。

「可能真的是。」

「異相都過了兩年，兩邊軍隊也越來越大，鐵木真去年還稱汗，我看是打定了。」販子又遞出一條牛肉乾給速不台。「你們這兵力有多少人了？回去我跟我們百夫長說說，你們生意好做多了，我寧願跟你們結盟。」

「人可多啦，聽說十夫長就至少超過千人。」

「那你們千夫長有誰，我聽說鐵木真的弟弟合赤溫是一個。」

「我懂什麼，得走啦，旱獺皮曬好我再給你。」

速不台拿起牛肉乾跑了起來，再過不久就要操練了，今天千夫長會將他指派給百夫長，而百夫長會將十個人指派給他指揮。他知道，多數人年紀都會比他大。希望這些牛肉乾值得，速不台心想。速不台見過十五個冬天，一直被兀良哈人當牲畜一樣對待。直到他救了鐵木真的三子窩闊台，因為鐵木真一句話，一切都變了。速不台跑出營盤，遠方滿是黑壓壓的人群，一名騎兵衝向速不台，伸手喝止他前進。

「閒人勿近。」騎兵大喊。

「我是兀良哈部的速不台，來報到。」

騎兵挑高了一邊眉毛，伸手指向一旁。「去那邊。」

速不台往騎兵指的方向跑去，有個身材高大的人正在下達命令，聲音相當宏亮。他身穿皮鎧甲，精壯的肌肉將鎧甲鼓的緊綳綳的，腰上別一把巨大的長刀，頭上有幾縷白髮但不露老態。奇怪的是，那名巨漢手上提著一個大木桶。速不台感到這名巨漢的目光，但不敢迎向他，只是跑向排隊的人群，看誰是帶頭的湊了過去。

「等著。」一名帶刀士兵瞧了他一眼，轉頭繼續忙碌。

速不台不自在地四處張望，不一會兒便與那高大的人對上眼。

「你就是那名納可兒？」巨漢聲音宏亮，所有人立刻看向速不台。

速不台不敢迎向他的目光，看著前方大聲喊道。「兀良哈部，速不台。」

「我是你的百夫長海日古，跟來。」海日古手上提著那個大木桶，裡面裝滿了水。
「是。」海日古步伐相當大，速不台得小跑步才跟得上。
「你看看，大汗的軍隊在哪？」
速不台愣了幾個心跳，指向前方黑壓壓的人群。「那邊？」
「用問題回答問題，你該回去當納可兒。」
「前面全部都是大汗的軍隊。」速不台指向前方，感到臉火辣辣地燒著。
「錯。」海日古朝前方努了努嘴。「那些都什麼部的人？」
「頂著婆焦頭的，那是札剌耳部人，再來就是主耳乞人，他們首領帶了好幾千人投靠。」
「那都是賭徒，賭大汗會打敗札木合。如果今天札木合要贏了，那些人就會從後方捅大汗一刀。」海日古大手一揮，指向乞顏部營盤裡的老弱婦孺。「那才是大汗的軍隊，隨時願意為大汗揮刀、為大汗付出生命真正的狼族。」
海日古的腳步停了下來，速不台注意到這名巨漢的目光停留在自己身上，於是鼓起勇氣迎向海日古。海日古背對太陽，龐大的身軀幾乎擋住了光線，他炯炯有神地看著速不台。
「你要當大汗指派的十夫長，還是當個賭徒？」
「我速不台，是大汗的十夫長！」速不台全感到身的毛孔股了起來。
海日古看了烈赤許久。「那我允許你從我手上拿走十條人命。從此，這十個人是生是死，你一句話就能決定。」

海日古語畢，速不台頓時感到千斤萬頂的力道壓到自己肩膀上，沉重地說不出話，只能默默跟著海日古走。

「草原上要奪走一條人命最少也得揮一刀。這十條人命，你得自己掙。」海日古道。

速不台正要發問，但海日古叫他走進一排隊伍裡面向人群，前方少說也有四五百人。海日古將木桶放到地上，指著速不台那排隊伍喊道。

「這些人，是你們的十夫長。上了戰場，有些人可以讓你們活著立功，有些人只會讓你們送死。」

眼前的人群開始議論紛紛，打量速不台這群人，眼神滿是狐疑跟不屑。

海日古一腳踩在木桶上，指向遠方一座山。「喝口水，山腳有我的人，跟他拿顆石頭回來，水要滿滿地吐出來給我看。」

這下眾人討論的聲音又更大了。

「安靜！」海日古煩躁地大吼，然後看向速不台一行人。「你們也是，比你們慢到的後十個人，就是你們的十戶。」

除了速不台，十夫長們開始打量著自己與木桶的位置。

「比第一個十夫長早到的人，我就讓你當十夫長。」

人群對此興奮了起來，爆出許多喝采聲。

「要跟誰，自己選。」海日古環視眾人。「只是我的人懶，石頭拿不夠多，水我看也不夠多，你們看著辦吧。」

人群一下子炸開了，爭先恐後地衝向水桶。速不台首先就被推倒了，他掙扎爬起，拼命衝向水桶，接下來就是沒命地跑。他回來的時候，太陽都在山邊了，雲跟以往一樣灰厚，透漏著紅光。比他晚到的十個人都像是沒了半條命般，有些人早就把水吞光了，吐出來的都是肚子裡的酸水。海日古早已不見蹤影，但速不台總該是認了比他慢到的十個人。他這才想起早上準備的牛肉乾不知掉哪去了，找也找不著。那十個人將石頭交給速不台，點個頭致意就走了，沒人有力氣再說話。陸陸續續還有人跑來，但速不台懶得再看，慢慢走回營盤去，這離他想像的差太多，但或許這就是軍隊。

才剛到營盤裡，速不台就看到那個陌生人坐在一樣的地方，看著人來人往。累得跑不動的速不台還是第一次仔細觀察他，那人十分清瘦，身上背著一張弓，長期的使用讓弓光滑油亮，一看就知道做工相當好。特別的是那人身上有三個箭袋，兩個一般大的交叉在背，一個較小的橫掛在腰。腰上的箭袋裝滿細短的箭矢，箭羽顏色各異，左肩箭袋的箭身粗長，黑得發亮，箭羽不同於常見的對稱剪切，竟呈現三錐狀。更奇怪的是右肩箭袋只裝了四支箭，足足比一般的箭要長了三四掌，箭羽像是沾了血的褐色，在火光照耀下微微閃耀金光。那人似乎察覺到速不台的目光，抬頭瞪向速不台。皮帽下的雙眼令他冒出一陣冷汗，彷彿自己是被盯上的獵物。但那人立刻就將目光移開，壓迫感隨即消失，這下速不台不敢再盯著那人了，快步向前走去。

「十夫長，操練回來啦？」販子一邊收東西一邊問道。

「可以算是吧。」速不台嘆了口氣。

「你們千夫長有派給你十個人了嗎？」

「我哪遇的到千夫長呢？」

「聽說千夫長都是親王，鐵木真的親信。每次我趕集，來個幾十天也沒見過。」

「我也沒有，要回合答斤部了？」

「你看我東西也賣得差不多了，這幾天就得回去啦。」

「我旱獺皮還沒曬好呢，你再等等。」

「那就不用啦，幾條牛肉乾而已。」

「這怎麼……」

「這樣好啦，跟我說說你千夫長有誰，回去我跟我們合答斤部的人講講。如果鐵木真肯讓其他部族的人當千夫長，弄不好我們大汗也會投靠鐵木真。」

速不台感激地點頭，如果那批旱獺皮不用給販子，那他可以用來做頂帽子，再來，雖然合答斤部不是相當壯大，但如果前來投靠，對大汗總該也是助力。這時販子看著速不台背後皺起了眉頭。速不台轉身，看見另一名販子走向他們，但他突然哀號倒地，速不台仔細一看發現那人腿上竟被一支箭矢刺穿了。咻地一聲另一支箭矢從他身邊穿過，後方馬上傳來慘叫聲。速不台驚慌之餘，發現那名陌生人竟持弓對準自己，那人看了一眼天空，然後慢慢放下手上的弓，大步朝自己走來。速不台感到自己的雙腿劇烈地抖了起來，面對眨眼間就放倒兩人的狠角色，他想跑開卻絲毫沒有辦法。那人將弓掛在自己背上，不知從何處拔出兩把寒光閃閃的短刀。周遭早已陷入混亂，不少人跑開大聲呼叫守衛，而那兩名中箭的販子不再哀號，反倒拖著中箭的腳蹣跚逃開。

「如果知道千夫長是誰，殺光他們，狼族就輸了。」那人聲音音調怪異，彷彿許久未曾說過話。

陌生人將短刀放到販子的桌上，然後卸下身上的箭袋與弓，脫下皮外套後，又不知從哪邊摸出一把刀放到桌上，然後他從販子的工具裡隨手拿出一串繩子。

「把我綁起來。」

速不台不知怎地竟無法抗拒他，回過神來時，繩子已經接了過來。陌生人將手伸了出來，速不台注意到他的手滿是形狀詭異的疤痕，像是用指甲抓出似的。才剛綁好，一群護衛就衝了過來，拔刀對準陌生人。

「箭是你射的？」一名帶頭的護衛大喊。

「中箭的都是札木合的探子，自己去查吧。現在，帶我去找鐵木真。」陌生人冷冷說道。

「憑你也想見大汗？我砍了你的頭去吧。營盤內無謂殺人，惟死論處。」

「去看看那跛子的腳，再搜他們的氈帳吧。」

「啊！」速不台忍不住喊道。那跛腳販子能逃開確實不合理。

「小子，你逮住他的？」護衛對兩旁的人做了手勢，立刻有四名護衛跑了出去。

「他逮住我的。」陌生人舉起被綁緊的雙手。

速不台張大嘴巴望向陌生人，說不出話來。但陌生人只是看著遠方，此時已經幾乎看不到太陽了。

「你們營盤裡還有一個札木合的探子，聽到了風聲肯定要跑。帶我去找鐵木真，我再說探子在哪，否則跑了可別怪我。」陌生人慢慢說道，

護衛隊長不回答，依舊持刀對準陌生人，但雙眼不斷瞄著販子逃去的方向。好不容易腳步聲傳來，護衛押著兩名中箭的販子走來，烈赤注意到那兩人中箭的位置居然都是小腿肚，絲毫沒有偏差。

「大人，怎麼把我拖回來呢？讓我去找巫醫呀，不然腳要廢了呀！」兩名販子苦聲哀求。

「你說跛腳的是他？」護衛隊長問道。

「就是他。」速不台指向早上給他牛肉乾的販子。

「大人啊，這是把我當什麼了呀？」

「把他鞋子、褲子都脫了。」護衛隊長喊道。

護衛立刻用刀將販子的鞋子和褲子挑掉，一雙毛茸茸的腿露了出來，上面滿是糾結的肌肉，疤痕是不少，但絕對不是是跛子，反而像是長期在馬上征戰的騎兵。

「隊長，這兩人的氈帳裡面空蕩蕩的，只有換來的貨物，沒什麼好懷疑的。」兩名護衛邊跑邊喊。

「大人你看呀，我腿這是隱疾，天氣冷就跛，誣陷啊。」跛腳販子哀道。

「大人，我們只是來買賣，時間到就走了，哪有什麼問題？」另一名販子附和。

「在他們氈帳裡有看到鹿雕或鹿圖騰嗎？」陌生人靜靜說道。

兩名護衛喘了口氣，想了想。「沒有。」

「合答斤部的人出門一定有圖騰護身，你們拿得出來就是誣陷，拿不出來……，哼。」陌生人冷笑。

「十夫長，剩下的牛肉乾都歸你。吃飽了逃去札答蘭部吧，保證札木合讓你當個百夫長。」跛腳販子邊說邊笑。

突然，那兩名販子身體一低，竟伸長了脖子撞向兩旁護衛的刀，力道大到在脖子上劃出極深的口子，血一下就流了滿地。兩名持刀的護衛似乎也被探子的決心給震懾住了，刀子懸在半空，不知該如何是好。速不台尤其震驚，這幾天總會跟那人說上幾句話，怎麼突然就自殺了？

護衛隊長靜靜地走向前，長刀架在陌生人的脖子上，但陌生人絲毫沒有反抗。

「你們收拾好這裡。」護衛隊長轉頭看向速不台。「你跟我來。」

「東西替我拿著。」陌生人對著他的武器努了努嘴。

速不台立刻將陌生人的箭袋背起，手一碰弓弦就發出沉吟聲，一聽就知道絕非常物，而那三把形狀不一的短刀閃著寒光，速不台小心翼翼地拿著，深怕一不小心割傷自己。他跟在護衛隊長身後，周遭的人越來越多，氈帳也越來越大，顯然走向了營盤的中心。這裡是鐵木真的氏族，也就是乞顏部的營盤，不少氈帳上畫有狼族的圖騰。

最後，速不台來到了一個巨大的氈帳前，那是鐵木真的王帳，閒人不得擅闖。宿衛走向護衛隊長，他們倆人低聲交談了一番，宿衛立刻走進大帳，過了一會兒才走出來。

「跟我進去。」宿衛刀光一閃，一把錚亮的刀子就架在陌生人脖子上。

「第三個探子呢？在那？」一旁的護衛隊長大喊。

「沒有第三個探子。」陌生人看了他一眼，靜靜地說道。

這回答就連護衛隊長都愣住了。速不台看陌生人離去，彷彿就失去了目標般，一股失落感湧上心頭。要不是他，自己會不會把每個聽過的千夫長都報給了探子？他感到自己的臉火辣辣地燒了起來。

鐵木真的大帳裡相當寬敞，足足有四個火盆，非常明亮。一群人圍著議事桌談話，一看到陌生人全都安靜了下來。

「先攻！都說人數差不了多少，先偷襲殺他個幾千人……，你誰？」一名戰士正口沫橫飛地說著。

陌生人不理會他，掃視眾人，目光立刻被一個高大、寬面濃鬚的人給緊緊攫住。那人雙瞳是深黃色的，在火光照耀下閃著金光，就像狼的眼睛。陌生人走向他，一旁的人紛紛拔刀，但他伸手阻擋眾人。

「沒有第三個探子吧？」有狼瞳的人問道，聲音相當沉穩。

「沒有。」

「我的安達只會派兩個探子，一來情報可以比對，二來人多會有破綻。你替我找出那兩個探子，不簡單，但我派去的探子也別想活了。」

「我比他們更重要。」

「我在哪邊見過你，是嗎？」

「你見過我父親。」陌生人從懷裡掏出了某樣東西。「你出生時手握血塊，薩滿揭示手握死亡降生，一輩子出生入死，對嗎？」

「我就是狼族大汗鐵木真，你是誰？」鐵木真眼露凶光。

陌生人將手上的東西放到議事桌上。那是一個烏黑光亮的扳指，正面雕著一顆狼頭，仔細一看佈滿奇怪的紋路，鐵木真一看略顯詫異。

「合撒兒、合赤溫、闊闊出留下，其餘人等離開。」鐵木真輕聲下令但氣勢逼人。眾人離去，王帳也陷入沉默，鐵木真仔細打量眼前的陌生人。「我一直找不到你父親，他還好嗎？」

陌生人伸手打斷鐵木真。「蟒古斯最後一顆頭已經降生了。」

「呿！十三頭的蟒古斯？騙小孩的東西。」闊闊出尖聲道。他身材矮小，獐頭鼠目。

「時間不夠把每個宿主都殺了，我只能殺了蟒古斯本體，否則這場戰爭你們沒有勝算。」陌生人堅定地看著鐵木真。

「你到狼族營盤來，跟我們講怎麼打仗？」合撒兒眼神很是挑釁，此人身材高大，渾身肌肉糾結，聲音也宏亮有力，一看就知道是戰場老將。

「如果蟒古斯不死，祂必然會上戰場，你們必敗無疑。」

「我的探子今天才在東方的沼澤看到紿察兒，他敢靠這麼近，必有其意圖。」合赤溫說道，用手頂住下巴似乎在思考著什麼。他不像合撒兒一樣高壯，但仍比闊闊出壯碩。

「札木合的親弟弟？斷手的那個？」鐵木真問道。

「就是他。」合赤溫道。

「闊闊出，你聽說過蟒古斯？」

「傳說蟒古斯是十三頭的神怪，嗜血而生。每顆頭都會尋找渴望權力之人降生並挑起鬥爭，教唆仇恨。隨著每顆頭的降生，各部間的鬥爭也會越來越激烈，最終無意義的鮮血將灑遍整個草原。」

「倒是挺像現在的局勢。」合赤溫饒有趣味地說道。

「傳說人眼見不著蟒古斯，你說十三頭都已經降生，要怎麼證明？」闊闊出問。

「我會找出宿主殺了，在這之前絕不可開戰。」陌生人直視鐵木真。

「當初我父親死後，母親與我兄弟們被狼族放逐。來自鷹族的阿古拉幫助了我，而我以此扳指相贈。我相信阿古拉，所以我相信你。」鐵木真說道。

「二哥，就是他父親？」合撒兒驚問。

「合撒兒，合赤溫，沒有他父親，我們三個恐怕都活不了。」鐵木真閉上雙眼，似乎再回想痛過去。
「我是合撒兒，你叫什麼名子？」
「這不重要，蟒古斯一死，我與這草原再也沒有關係。」陌生人漠視眾人。
合撒兒吃了悶虧，懊惱地轉頭假裝沒聽見。
「就憑你一句話，就要我們放棄先攻，你也未免太看得起自己了。」闊闊出說。
「如果說殺死蟒古斯的宿主可以改變戰況，那蟒古斯肯定是附生在札木合身上了吧？」一旁沉默的河赤溫說道。
「沒有親眼見到，我不知道。」陌生人搖搖頭。
「若是札木合，你是不可能靠近他的，勢必需要軍隊掩護。」合赤溫說道。
「若真的是他，只要不開戰，我就能殺了他。」
「大汗，可不要被騙了。弄不好他才是札木合的探子。」闊闊出尖聲說道。
「狼族不可能因為你一句話就改變戰略。」鐵木真說道，看向合赤溫。
「沒錯，可沒人知道你是誰呢！」闊闊出附和。
合赤溫看了一眼鐵木真說道。「但現在狼族也缺能用兵遣將的人。如果你能證明自己的能力又向大汗宣誓效忠，出謀獻策，號令千人也不在話下。」
闊闊出幾乎不敢相信自己聽到了什麼，雙眼睜的老大。
「今天外野的草場丟了幾十匹放牧的戰馬，說是被偷了。你若一天內追回來，或許就能證明你的能耐。」合赤溫看著陌生人。

「先這樣吧。」鐵木真的黃色雙瞳閃爍著威嚴的光芒，不斷打量眼前的陌生人。

那名陌生人也不告退，逕自轉身離去。眾人雖難以適應他的不敬，但也不覺得冒犯，只有闊闊出，瞪著他的背影，不知道在算計什麼。

「闊闊出，你跟著去吧，好好觀察他，回來跟我彙報。」鐵木真下令。

「是。」闊闊出點頭領命。

「二哥，也讓我去見識見識。」合撒兒請命。

「也好，敢偷狼族戰馬的人，絕非等閒之輩，去吧。」

看著闊闊出與合撒兒離去，合赤溫只覺得奇怪。「二哥，還記的兩年前的異相嗎？」

「你也覺得他是鷹族人？」

合赤溫點頭。「當時勃拔喀部的薩滿歸天，你派了一個使者去交盟。我有私下請他去查看是否真有傳言中倖存的鷹族人，但他不曾回來過。」

「現在謠言說札木合已經和勃拔喀部搭上了。」

「我去查查那人的來歷，這節骨眼上突然冒出來，不得不防。」

鐵木真點頭，拿起桌上的烏黑扳指，眉頭緊緊皺在了一起。

速不台渾渾噩噩地被趕上了馬，跟隨眾人前進。如果他認的沒錯，眼前這位壯碩的人是大汗的三弟合撒兒，那可是統領千人的親王。而旁邊那個矮小又披頭散髮的男子他就不認得了，那名陌生人就跟在合撒兒的後方。

不久前，速不台拿著陌生人的武器，站在王帳前不知該如何是好。突然那人走了出來，逕自從速不台手中拿過武器。然後合撒兒也跟著走出來要陌生人跟他走。陌生人看了速不台一眼，示意他跟好，等回過神來，速不台就跟著他們在月光下奔馳了。速不台聽得出來他們要到營盤外野的一個草場，說是有幾十匹戰馬被偷了。現在是最會颳風的時候，如果被偷了好一段時間，怎可能還有足跡可以追？速不台心想。他們很快就到了草場，厚雲下的月光相當黯淡，速不台勉強能看到前方有一群戰馬，旁邊有堆營火被風吹的忽明忽暗，衛士們拔刀警戒來人，但立刻就認出合撒兒並行禮。

「什麼時候發現馬被偷了？」合撒兒問道。

「報，黃昏的時候。放牧趕回來時就少十三匹。我派了一個人隨足跡去追，一個人回營回報。」

「真是被偷的？」

「絕對是被偷的，這些馬隨時都可以上戰場，不可能找不到路，也不可能被嚇跑。」

「哪個方向？」

「今天放牧場在那，我派的人追過去了。」衛士朝黑暗中指去。

「黑林？」合撒兒問道。

速不台看了過去，遠方幾乎是一片黑暗，但隱約看得出樹林的輪廓。就連速不台也知道比起草原，林地更難有足跡留下。他擔心地看了陌生人，卻發現他已策馬往黑林方向奔去。眾人立刻跟了上去，一聲不響地騎了好一段路，不快也不慢。

「拖什麼？偷馬的絕對是穿過黑林了。」闊闊出朝坐騎甩了一鞭，來到隊伍前方。「現在衝過去，說不定還能看到他們的營火，再慢就來不及了。」

「闊闊出說的有理。今晚追不到，八成就找不到了。」合撒兒說道。

陌生人不理會他們，逕自跳下馬，從懷裡掏出某個東西，接著黑暗中傳來某種刮擦聲，然後一團火星在黑暗中爆出，那人手上便出現了一個小火把。他蹲在地上仔細地觀察，火焰在風中搖曳，令周遭忽明忽暗。速不台能看見泥地上有大量蹄印，顯然放牧時馬兒集中在此處。經過一整個下午的風吹，蹄印已難以辨認。陌生人趴在地上，拔了一根草，插進土地上的馬蹄印，似乎在與其他蹄印比較。他是能看到什麼呢？速不台心想。

「五個人，每人至少一弓一刀一箭袋。」陌生人甩甩火把，收進懷裡，然後翻身上馬。「不是馬賊，是士兵。」

「誰的士兵？」合撒兒問道。

「必然不是你的盟友。」陌生人馬鞭一甩向前奔去。

「嘿！黑林可不在那方向。」闊闊出大喊。

「他們不是去黑林。」陌生人頭也不回。

速不台首先跟上了他。「你是怎麼知道有五個人，還是有武裝的？」

那人沉默不語，自顧自地向前奔去。闊闊出與合撒兒立刻跟了上來。接下來便是彷彿沒有止盡的夜騎。那人剛開始不時點火下馬觀察蹄印，看一眼後就繼續上馬奔馳。但現在他乾脆不點火了，下馬直接用手摸起泥地來。眾人停下來等待，速不台仔細觀察他，想看出他是怎麼追蹤的，卻絲毫無法理解。

「那個方向就是哲裂谷，我在那邊獵過一隻豹子。」合撒兒顯然耐不住沉默，手對著遠方比劃。「速不台，你愛打獵嗎？」

「報，不……不曾。」速不台身體猛然一震，難以想像親王會跟他說話。

「不曾？」

「不曾打過獵。」速不台花了好大的勁才穩住氣。

「別忘了他是個納可兒。」闊闊出冷冷地說。

「那我跟你說，哲裂谷可是這一帶最好的獵場，它中間是一大塊低地，樹不少，兩邊都是險壁，跟黑林連在一起，一人一弓進去裡面，一輩子都餓不死。」

「那我們營盤怎麼不遷到哲裂谷裡呢？」速不台用手遮住嘴巴，他從未想過他敢這樣與親王說話。

「還用說？你看這附近有牧草嗎？」闊闊出沒好氣地說道。

速不台這時才驚覺，地上的草變得十分稀疏，反倒是泥土濕氣頗重，使的馬兒步伐沉緩。

「再過去就是沼澤，溼氣太重，牲畜在這邊放牧，膘長不大還會得病災。」合撒兒環視四周，最後看向速不台。「下次圍獵跟著我來，我還沒謝過你救了我姪子。」

速不台正要回答，陌生人卻上了馬向前奔去。四人又再次在黑暗中疾馳。空氣中的濕氣讓氣溫降得更低，寒冷讓速不台鼓起精神。幾天前還是納可兒的他，根本無法想像自己能與一位親王一同奔馳，他暗自希望能夠被編列進合撒兒的部隊裡。就在這時，速不台發現陌生人的速度變慢了，他發現他人正看著天空，速不台也抬頭看去，但眼前只有一片漆黑。

「怎不點火？找不到足跡了？」闊闊出一看陌生人慢了下來，挑釁地喊道。

「閉嘴，別出聲。」陌生人低聲喝道。

「你說什……」闊闊出幾乎吼了出來，但被合撒兒的手勢制止。

陌生人跳下了馬，在黑暗中摸索。速不台聽到衣物翻動的聲音傳來。

「那是……人？」闊闊出邊問邊從懷裡掏出燧石。

陌生人突然站起來，不知何時竟已彎弓搭箭，闊闊出也在同時點燃了火把，刺眼的光芒令速不台與合撒兒遮住雙眼。速不台勉強能看見地上有一具屍體，一看就是派去追馬賊的狼族護衛，胸口上插著兩支箭，已然氣絕。陌生人單手握住弓與箭衝向闊闊出，猛然跳起踢向闊闊出的火把。在火把熄滅前，速不台看到陌生人在空中反身拉弓往黑暗處射出一箭，詭異的是，他雙眼竟是閉上的。四周陷入黑暗，還沒過幾個心跳，遠方竟錚的一聲憑空迸出了細微的火花，在黑暗中頗為顯眼。接著又是咻地一聲，陌生人再次射出一箭，力道強勁，破空之聲極響，並以一人的慘叫聲作結。

「散開，聽我響箭，追。」陌生人從腰上的箭袋抽出一根箭矢在空中劃了一下，鏤空的箭簇立刻發出細小而尖銳的聲響。

速不台不斷聽到箭矢的破空聲，他狠狠地朝馬臀甩了一鞭，遠離了闊闊出點火的地點。奔馳的風切聲極大，但速不台仍不時聽見箭從上方飛過的聲響，接著一陣尖銳的聲音自後方傳來，以極高的速度往前掠去。速不台知道那是陌生人的響箭，立刻拔刀朝響箭的方向衝去。不久便隱約看見一個黑影手持著弓，正要翻身上馬，那人見到速不台衝來，立刻大吼一聲。速不台的坐騎受到驚嚇，嘶鳴一聲猛然跳起，硬是將速不台摔了下來。那人立刻將弓甩到一旁，拔刀衝過來，速不台重重摔落在地，幾乎暈了過去，恍惚中他聽到對方的腳步聲，慌亂地朝那方向揮了一刀。鏗鏘一聲，兩人的刀互擊，爆出些許火花，速不台感到虎口劇痛，刀竟被彈了開去，他想翻滾拉開距離，但敵人已再次揮刀，他下意識地用手護住胸前。這時竟憑空吹起詭異的風，從四面八方襲來，風聲中伴隨著對方的慘叫聲，風一停，對方的刀也落了地，這時一匹馬從黑暗中竄出，馬鞍上的人大力揮刀，速不台便聽到重物落地的聲音。

「速不台？還活著吧？」合撒兒大喊。

「報，沒……沒受傷。」

合撒兒跳下馬，在淡淡月光下觀察屍體。速不台回過神來才發現合撒兒竟將對方的頭砍了下來，嚇人的是那人的眼窩竟是空洞洞的，似乎被什麼東西給剜了出來。合撒兒仔細檢查屍體，卻找不到任何能證明身分的東西，不過任誰都看得出，這是訓練有素的士兵，而非走投無路的馬賊。合撒兒將屍體翻了過去，從背上的箭袋抽出一支箭矢觀察。速不台不禁愣了一下，跟著也抽出一支檢查。箭羽固定的稍嫌凌亂，修剪也顯得粗糙，但明顯呈現三個錐形。這不是跟那鷹族人是一樣的嗎？速不台駭然。

「沒有記號。」合撒兒說道，隨手將箭矢丟到一旁。

「報，這箭羽的樣式，似乎與那名陌生人的一樣。」

「你確定？」合撒兒目露凶光。

速不台還沒回答，闊闊出與陌生人就騎馬到來，在後面跟著的是遭竊的戰馬群。

「一開始你射死一個，再來我射死一個，合撒兒砍死一個。」闊闊出看到地上的斷頭屍體，又輕蔑地看了一眼速不台。「合撒兒又砍死一個，還剩一個跑了？」

陌生人點頭。「馬群找到了，可以回去了。」

「這些馬的腳都被砍了一刀，上不了戰場了。」闊闊出說道。

「還剩一個人。」合撒兒盯著陌生人箭袋上的箭羽。「我要活捉他。」

陌生人皺眉，沉默地凝視著合撒兒，而合撒兒也不避諱地回望著他。最後陌生人人閉上眼睛，動也不動。

「來吧。」陌生人眼睛睜開，對著馬臀就是一鞭。

合撒兒與闊闊出立刻追了上去，速不台趕緊跳上逃走的坐騎跟上去。這時東方紅雲漸顯，徹夜的追蹤令速不台感到筋疲力盡，但他卻甘之如飴。前幾天他還是個納可兒，隨人叫喚，而今天他已經是大汗欽派的十夫長，還與親王一同奔馳。他興奮地抓住放在皮襖裡的十顆圓石，但臉色立刻發白，石頭竟只剩下寥寥數顆。他立刻回頭看向自己摔落的地方，眼睛睜的老大，任憑風吹的眼睛發酸也不眨眼，像是將那個地方烙印進眼珠裡似的。此時陌生人突然用腳勾住馬鐙，身軀掛在了馬側上，他伸手抓了一把潮濕的泥土，用手搓一搓抹在馬背上，然後繼續奔馳。

速不台將風逼出的眼淚擦去，看著太陽升起的方向比劃手掌。東方至南方是樹林，越往東方走越稀疏，北方是沼澤，西方是來的方向。只要在走在樹林與沼澤間，必然能找到自己摔落的地方，想到這裡，他緊緊握住懷裡僅剩的石頭。這可是海日古交給我的靈魂啊，速不台心想。

這時陌生人抓起馬背上乾去的泥土，隨手一揉向旁邊撒去，泥土立刻隨風飄散。鷹族人看了一眼後閉上眼睛，轉頭迎向風吹來的方向，似乎在聆聽什麼但速度卻絲毫不減。不久，他睜開眼睛甩手又是一鞭，再次加快了速度。四個人不發一語，專注地朝前方奔馳，陽光已微微灑落在大地上，此處水草仍顯貧脊，地上滿是潮濕的泥土，前方則是一片稀疏的樹林。這時合撒兒用力朝坐騎甩了一鞭，然後拿起弓，闊闊出見狀也跟著照做。速不台瞇眼望去，過了好一會兒才發現前方有個人影，正駕著馬朝樹林衝去，旁邊還跟著一匹無人乘坐的馬。速不台也用力甩了一鞭，以免被眾人拋在後頭，但某種東西噴到了他的手上，他才驚覺自己的坐騎已滿口白沫。

「趕不上了，要殺就趁現在。」闊闊出大喊，箭矢已搭上了弓弦。

「射馬！」合撒兒大喊。

闊闊出的箭矢才剛飛出，那人的馬竟狠狠地朝地上摔去，翻滾了好幾圈，最後一動也不動，顯然已活活累死，而那人跳上另一匹馬朝樹林奔去。陌生人這時踩在馬鐙上站起來，拿起掛在馬鞍上的長弓，搭上一支黑羽箭瞄準。就在這個時候，合撒兒的馬無力地嘶鳴，速度慢了下來，他一發狠，從箭袋抽出了一箭，將弓弦拉到極限。

「射！」合撒兒喊道，箭矢兇猛地劃開空氣飛去，闊闊出的第二箭也跟著飛出。

「慢！」陌生人似乎驚覺什麼似地吼道。

陌生人將黑羽箭丟掉，同時抽出右肩箭袋裡的箭矢。速不台被那支箭矢閃耀的金色光輝給吸引住了，他看見陌生人站在馬鐙上，右手兩指拉開長弓的弓弦，弓身的弧度就跟太陽一樣圓。他知道那一刻，陌生人拉弓的力量等同用兩指將一個成年人懸空提起，但他人竟看似平靜如水，彷彿在馬上成了雕像，眼睛甚至是緊閉的。那瞬間速不台感到自己心跳變慢了，他甚至能看見陌生人座騎的每一步，馬蹄踏在泥地上的每一個瞬間。就在馬兒四足凌空的那一剎那，陌生人的箭矢無聲無息地飛了出去，箭羽依舊反射著陽光，形成一道金芒飛向逃進樹林裡的人。箭矢飛出後，陌生人才睜開了眼睛，他猛然轉頭瞪向速不台，那一刻速不台驚得忘了呼吸。陌生人的眼白消失了，取而代之的是深邃駭人的漆黑，只有一道金色光圈環繞著瞳孔，在太陽下閃耀。

速不台被驚得出了神，但瞬間就被遠方的金屬碰撞聲給拉回現實，雖然他難以相信，但陌生人後發的箭矢竟射落了合撒兒與闊闊出的箭。他看向樹林，發現那人幾乎已隱入樹林之中。就在此時，一個巨大的黑影從樹林裡竄出，朝他們飛來。陌生人拉了韁繩，停了下來不動，眾人知道大勢已去，也停下了下來。速不台鼓起勇氣偷瞄他，才發現他的雙眼再正常不過，沒有什麼金色。速不台又看了看闊闊出與合撒兒，不禁懷疑自己看花了眼。那黑影飛來的速度極快，速不台甚至可以感受到牠拍來的陣陣強風。牠身上覆蓋著深褐色的羽毛，在太陽下閃耀著金色光輝。

「金、金雕？」闊闊出強作鎮定。

金雕猛力拍翅，落在了在鷹族人手上，雙爪緊緊嵌住他的手臂。速不台注意到那隻猛禽抓著一支箭矢，他不免吞了吞口水，他知道那雙巨爪可以不費吹灰之力地剜出自己的眼珠。鷹族人將鷹爪上的箭矢拿了下來，隨手丟開。

「這隻雕把我的箭接住了？」闊闊出雙眼盯著地上的箭矢，嘴巴幾乎合不上。

「你憑什麼違抗我的命令？」合撒兒厲聲問道。

「那人不能殺。」陌生人仔細觀察金雕帶血的爪子，顯然被闊闊出的箭矢傷到了。

「你又知道那人是誰了？」闊闊出尖聲問道。

「那是給察兒。」

「哈！札木合的弟弟？放屁！」闊闊出自顧自地笑了出來。

陌生人指向前方，眾人望去才發現樹林裡竟不知何時出現了許多騎兵，手持弓箭對準他們，而被追趕的那人站在最前方，朝著他們揮手，空蕩蕩的左手袖子隨風飄盪。

「這是騎兵隊，看來合赤溫的探子說的是真的了。」合撒兒忿忿地說道。

「如果他死了，札木合就有藉口立刻開戰了。」陌生人平靜地說。

他手臂一抬，巨大的金雕溫馴地站上了他的大腿。他拿起背後那張弓，從箭袋抽出一根裝有紅色尾羽的細長箭矢朝樹林射去。箭矢飛的相當遠，他策馬奔了過去，最後停在了箭矢前方似乎在等待什麼，弓仍緊握在手。給察兒見有人靠近，大手一揮，五六支箭矢立刻飛向鷹族人。但沒有一支箭矢飛過陌生人的紅羽箭。樹林的騎兵隊發現射程不夠後便停了手，給察兒不斷對著騎兵隊揮手，似乎要他們衝鋒，但騎兵隊卻動也不動。陌生人馬鞭一甩衝向前去撿起落箭並折返。他越過了紅羽箭後，就放慢了速度，仔細觀察箭矢，眉宇間出現了一道深溝。

「騎兵隊是勃拔喀部的人。」陌生人將箭矢遞給合撒兒。

「他們大汗努桑哈前幾天才死去，看來札木合果真勾搭上巴特爾了。」闊闊出說道。

合撒兒撫摸箭矢上三錐剪切的箭羽，似乎在思考什麼。突然毫無預警地，他拔刀砍向陌生人，但他好像早就料到似的，反手摸出一把短刀，鏗地一聲擋住了合撒兒的攻擊。

「說！為什麼你的箭羽跟馬賊和勃拔喀部的人一樣？」合撒兒大吼，繼續使力將刀推向陌生人。

「三錐箭羽是鷹族的技藝，我父親為了養活我，違背了傳統傳授給勃拔喀部。」陌生人靜靜地說道，不知何時又摸出了一把短刀，兩把刀交錯壓在合撒兒的刀上，稍一用力，合撒兒的刀便應聲而斷。

「你到底是誰？」合撒兒虎口一痛，但仍緊握斷刀指向陌生人。

「烈赤，鷹族第一勇士阿古拉的長子。」烈赤冷冷地說道。身旁巨大的金雕緊緊盯著眾人，目光中滿是傲氣與毫無掩飾的敵意。

他們回到營盤後，太陽早已落下。合撒兒與闊闊出一到王帳就下馬進去了，到現在還沒有人出來。速不台雖然錯過了一整天的操練，但想到懷裡所剩不多的圓石，反倒感到僥倖。他緊緊抓住圓石，盤算徹夜尋找的可能性，但不由得嘆了口氣。他一整天沒吃多少東西，肚子不斷鼓譟著，一旁的烈赤簡直像是木雕般，站著閉眼養神。那隻金雕早在進入營盤前就展翅飛去，一眨眼就消失在天邊。如果擁有他的身手，弄不好能當上千夫長呢，烈赤心中不免嚮往。就在這時，王帳被掀開了，合撒兒與闊闊出一同走了出來，烈赤也在同時睜開了眼睛。

「探子派出去了，一查到勃拔喀部的圍獵營在哪，我就帶五百人去討回公道。」合撒兒說道。

「這是宣戰。」烈赤說道。

「現在正是大汗要樹立威信的時候，五百人還算少！」闊闊出尖聲說道。

「紿察兒派士兵來偷馬，就是宣戰。」

「他是蟒古斯降生的其中一人。」

「少在那邊說故事。如果勃拔喀部跟札木合結盟，那狼族就得先攻，管你那騙小孩的故事！」闊闊出說道。

「勃拔喀部人數眾多，若替札木合出兵，我們不先攻沒有勝算。」合撒兒點頭。

「哪怕必敗無疑？」烈赤反問。

「你說什麼？」闊闊出大喊。

「告訴你們大汗，你們的死都要怪他一人。」烈赤轉身就走。

「慢！」合撒兒揮手阻擋。「你帶我們找到勃拔喀部，探探他們虛實。如果真要開戰，我請大汗派一千人聽你號令。所有人都要為戰爭賭上生命，沒道理一個人就能改變一切，鷹族人。」

「我今晚就查得出來他們在哪，明早備好你的人。」烈赤頭也不回地離去。

「這麼大口氣，鷹族？呸！」闊闊出吐了口水。

「速不台，明早跟著海日古來我的軍隊報到。」

「是！」速不台領命。

速不台這下慌張了，他回到納可兒居住的氈帳，從自己的皮襖中掏出一袋乾奶塊，隨便就咬下一大口。一旁工作了一整天的納可兒或坐或躺在氈帳裡，懶洋洋地盯著速不台，等著他來講自己發生什麼事，但速不台將那袋乾奶塊塞進懷裡後，匆匆忙忙地又跑了出去。他跑向馬場，準備向護衛再借匹馬。昨天是合撒兒親自領他來這裡的，說不定今天護衛也不會說什麼。就再此時，他看見烈赤出現在前面。

「烈赤！」速不台大喊。「你要去追蹤勃拔喀部吧？會不會經過沼澤地？」

烈赤看著他不說話。

「拜託，帶我去。我掉了些東西。」速不台幾乎要跪下來。

「你也是納可兒？」

「我沒有父母，從小就是納可兒。但我受到大汗指派，現在是十夫長了。」速不台說完不由得挺起胸來。

「要找石頭？」

「你……你怎麼？」

「你胸口裡有四顆，缺六顆？」烈赤凍成黑褐色的耳朵動了動。

「對。」速不台張大了嘴巴。

「跟不上就別來了。」烈赤馬鞭一甩離去。

速不台立刻衝向護衛，隨口大喊一聲，就跳上了最近的一匹馬，往烈赤的方向衝去。厚雲一如往常地覆蓋住天空，月光依舊晦暗，烈赤在遠方幾乎成了黑影，任由速不台怎麼追也追不上。速不台這匹馬不吃痛，再怎麼甩鞭也快不起來，最後速不台也不忍心了，將馬鞭收起來。這時他看見烈赤在遠方跳下馬匹，伸長了手臂朝天空比劃，速不台趕緊趁機推推馬腹，希望能拉近距離。就在烈赤已經清楚地出現在視野時，他又跳上了馬，瞬間又拉開了好長一段距離。速不台仔細觀察烈赤，發現他身子壓得很低，幾乎貼在了馬背上。遠遠看來，他與馬兒幾乎成為了一體。馬兒每一步，每一躍所造成的震動，似乎都精準地同步傳遞到了烈赤身上，而他也一同承擔奔跑帶來的衝擊。速不台反觀自己，發現僅僅是讓馬兒馱著罷了，自己的身體毫無章法地承受每一步的力道。而每個顛簸與跳躍，他都任由自己的體重壓向馬兒。

烈赤再次成為遠方的黑點。速不台模仿烈赤的騎姿，然後用皮膚去感受馬兒骨頭的每個隆起與凹陷，慢慢地將臀部挪到契合的位置。他嘗試了好一陣子，突然發現馬兒奔跑的律動變得十分明確，力道回饋也更強。他壓低自己緊貼在馬背上，雙腳緊踩馬蹬微微用力，讓身體去感受馬兒踏在草地上的每一步。好……好安靜，速不台簡直嚇到了。他發現原本吵雜的碰撞聲幾乎消失了，只剩下規律的蹄聲與風聲，而身體的起伏也與馬兒的節奏契合。漸漸地，他發現烈赤不再這麼遙遠了，他夾緊馬腹努力去感受馬兒的步伐。不知過了多久，烈赤再次跳下馬來朝天空比劃，這次速不台終於追上了他。

「就在前面。」烈赤打量了他一眼，上馬繼續前行。

兩人在黑暗中奔馳，四周的牧草已越來越稀疏，上方突然有陣強風襲向速不台，他抬頭一看，一個巨大的黑影俯衝而來，優雅地停留在了烈赤的手臂上。

「金……金雕？」速不台張大了嘴。

「到了。」

速不台趕緊拉住韁繩，定睛一看才發現又回到了沼澤邊緣，土地頗為潮濕，而那具被合撒兒砍斷頭的屍體依舊躺在那裏。速不台感到一陣哆嗦，從小到大他看過的屍體不算少，多半是族人互鬥的結果，但可從沒看過斷頭的屍體。他抓緊懷裡的圓石，開始圍繞屍體搜索，努力不讓視線落在屍體上。四周泥土濕軟，速不台手上立刻沾滿不少爛泥，他不斷撥開稀疏的草尋找卻沒有結果。他想到什麼似的用草將手上爛泥抹去，然後拿出一顆圓石丟到了地上，他看了好一會兒，然後放鬆地吐了口氣。好險，泥地沒軟到讓圓石下沉。

突然有箭矢破空的聲響傳來，嚇得速不台猛一轉頭，發現烈赤拿著他的長弓接連再朝三個方位射箭。

「敵人？」速不台跳起來拔出腰上的長刀。

烈赤搖頭不語，他將弓掛回馬鞍上，伸手抓了抓停留在馬背上的金雕，然後拍拍馬脖子喃喃說了幾句話，馬兒竟溫馴地躺了下來，烈赤靠在馬肚上坐下，從懷裡拿出一個袋子，裡頭掏出的肉條瞬間就給金雕啄走。

「牠叫什麼名子？」速不台驚嘆地看著。

烈赤沒有理會他，自顧自地餵食金雕。速不台也不覺得冒犯，他將刀收回，依舊疑惑地看了看箭矢飛出的方向，但卻什麼也看不到。最後他放棄了，撿起剛丟下的圓石，抹乾淨後塞回懷裡，繼續摸黑尋找。

「祈祈可。」

金雕突然發出了尖銳的鳴叫聲。

「什麼花？」速不台一臉茫然。

「她的名子。」

「噗哧……」速不台立刻遮住嘴，正色問道。「好名子，但為什麼取這名子？」

「接住。」烈赤忽然從懷裡掏出一個東西擲出。

速不台反應很快，隨手就接住了，他發現那是一朵乾掉的苜蓿花。祈祈可發出了悅耳的鳴叫聲，突然撲向速不台。他感到極大的風壓襲來，接著他的肩膀被銳利的雙爪緊緊箝住，力道大到他幾乎要跌倒在地。烈赤感到祈祈可的羽毛不斷摩擦他的脖子，而手上的苜蓿花則不斷被祈祈可逗弄著，時而用喙咬住，時而用舌頭輕點，但纖細的花莖始終沒有斷掉。速不台放膽拿苜蓿花逗弄祈祈可，而祈祈可似乎也顯得也十分開心。一股鏽鐵味傳入鼻中，速不台知道自己的肩膀肯定被鷹爪劃開了幾道口子，但他不覺得痛，眼前這隻雄偉卻又優雅的生物緊緊攫住了他的注意力。

「祈祈可，來。」速不台伸高了手上的苜蓿花。

但一聽到她的名子，祈祈可發出尖銳的鳴叫聲，翅膀往兩旁張開。速不台感到肩膀上的雙爪猛然一緊再陷入傷口幾分，接著祈祈可便拔天而去，雙眼緊盯速不台，他立刻感到排山倒海似的殺氣朝他撲來。

烈赤吹出一個複雜的口哨，祈祈可立刻飛向烈赤並落在了他的手上。

「鷹族的鷹是為了殺戮而訓練的。」烈赤將祈祈可放到一旁的的地上。「祈祈可是她的名子，也是她的殺令。除我之外，視野所及之人都是她的目標，就算雙翅折斷，身中數箭，也一樣會撲向你，不死不停。」

速不台依舊被祈祈可的氣勢所震懾，他發現苜蓿花已經在剛剛暴起的攻擊中折斷，酸楚與悲憤頓時襲上心頭。

「為什麼要讓我知道她的名子？」速不台冷漠地問道。

烈赤沒有回答，只是用手輕撫祈祈可。

「你奪走她的自由只為了殺戮？」速不台大吼卻沒有回應。

「如果我是你，絕不會替她取名，只會將她放回天空。」速不台彎腰往泥土摸去。

「鷹族有過一隻鷹沒有名子。」烈赤緩緩說道。

速不台停下動作，仔細聆聽。

「那是一隻海青，全身雪白的海青。」

那隻白海青站在塔陽肩上，這次不是看著烈赤，而是阿古拉。那時候，烈赤將父親僵直的屍體放到了大老黃背上，出神了好一會兒。他輕輕地將父親臉上的雪抹掉，輕拍大老黃的背，但大老黃卻不肯離去。

「大老黃，送我父親最後一程。嗯？」烈赤將額頭靠在了大老黃頭上。

大老黃頭上的落雪因為烈赤的體溫而融化，滴到了烈赤衣服上，祈祈可虛弱地探出頭來，無力地舔著融雪。許久，烈赤將額頭移開，再次輕拍大老黃的背。大老黃緩緩地向雪中走去，但卻不時停下回頭，似乎在等待烈赤跟來，但烈赤只是站在原地看著牠。漸漸地，大老黃看不到烈赤了，牠眼前只剩漫天無際的大雪。

「阿古拉會找到他的歸宿。」塔陽說道。

「為什麼下令圍剿鷹族？」烈赤大吼撲向塔陽，一把抓住他的長袍。「為什麼是你？」

「烈赤，時間不夠了。」塔陽任由烈赤撲向他，雙眼滿是悔恨與憐憫。

塔陽肩上的白色海青突然展翅躍起，拍出的風襲向烈赤的雙眼。他下意識地閉上，接著他的手就抓空了，再次睜開雙眼時，塔陽竟不見了。

「到了山頂，我就告訴你一切。」塔陽的聲音從上方傳來。

烈赤發現塔陽與他的海青竟出現在了峭壁之上，他大吼一聲，卻換來腹部的劇痛。他撫著肚子向前奔去，懷裡的祈祈可不斷發出啾聲，似乎想要安慰烈赤。但烈赤只是不斷扒著雪向上爬去，而塔陽早已消失在白雪中。爬到山頂後，天上的月亮已升起四次了，他看見塔陽站在一個石台旁，觀察著上面放置的東西。烈赤幾乎腿軟了，險些喘不過氣，但仍不認輸地走向塔陽。

「這是我留在世間上的皮囊。」塔陽指著石台，上面滿是白骨，雜亂地放著。

「你究竟是……」烈赤頹然坐下，累得無法再開口說話。

「努桑哈說對一半，我死是有原因。但不是為了更重大的責任，而是贖罪。」

「你究竟是死是活？」

「鷹是唯一能直視太陽的生物。」塔陽手舉高，那隻海青立刻從樹上飛了下來。「鷹也是長生天的信使，能引領靈回到天上，我只是在過程中而已。」

烈赤幾乎懵了，不耐煩地揮了揮手。「為什麼下令圍剿鷹族？」

「你多久沒餵祈祈可了？」

一聽到塔陽發問，烈赤慌張地將衣服鬆開，只見祈祈可虛弱地蠕動著。狐肉兩天前就已經消耗完，攀爬過程中，就連找到適合休息的凹處就已經很困難了，遑論打獵。烈赤四處張望，山頂上雖寬闊，但一看就知道不會有野兔或旱獺可獵。

「你在山頂這麼久，有東西可獵嗎？」烈赤哀求問道

「你是鷹族人嗎？」塔陽問道。

「什麼……」

「你是不是鷹族人？」

「我是鷹族第一勇士的兒子！」烈赤大吼。

塔陽肩上的海青突然朝烈赤撲來，鷹喙往烈赤的指頭咬去。豆大的血珠立刻汨汨流出，烈赤吃痛揮手擊向海青，但海青早已飛離。

「我下令圍剿金雕，是受了蟒古斯的蠱惑。你出現在這裡，是蟒古斯的失誤。」

「蟒……古斯。」烈赤搖了搖頭，幾乎無法接受。

「你是鷹族最後一人，祈祈可也是最後一隻金雕。」塔陽突然出現在烈赤身邊。「鷹族人與鷹之間只存在一個靈魂，你就是她，她就是你。」

彷彿是本能似的，烈赤將手指伸向祈祈可。她無力地抬起頭靠向烈赤的手指。豆大的血珠滴進祈祈可的喙裡，就在那一刻祈祈可的眼睛猛然張開，而烈赤的眼珠竟被某種慢慢浮現的東西佔據，變成一片漆黑，只有瞳孔外圍現出了一道金環。

速不台攢著找到的四顆圓石，依舊憑著微弱的月光摸索。烈赤靠著馬匹睡去，雖然距離不遠，但速不台完全聽不到他的鼾聲，害速不台總覺得他在身後盯著自己。雖然斷頭屍體就在旁邊，但速不台已經逐漸麻木了。四周布滿他的足跡，能找的都找過了，就只差屍體的下方沒有搜索了。速不台將找到的圓石擦乾淨放進懷裡，增加的重量讓他感到安心。他站起來伸展筋骨，望向黑暗中的屍體，但馬上就移開了目光。他緊緊抓住懷裡的圓石好一陣子，大吸一口氣，猛地彎腰推了屍體一把，然後立刻跳開去，彷彿屍體會抓向他似的。過了好一會兒沒有任何動靜，烈赤才終於放膽去摸索屍體壓住的泥地。隨手一摸，就摸到了一顆圓石。哈！果然在這裡。他趕緊再四處摸索，卻再也找不到了。速不台感到睏意襲來，他才驚覺已經許久沒睡了。他癱坐在屍體旁邊，再也懶得管了，他只覺得好累，雖然就差最後一顆，但他眼皮越來越重。他用力捏了自己大腿，痛得他清醒了好幾個心跳，但立刻又感到昏沉沉的。這次他一巴掌打向自己，總算把自己打醒了。他站起來，仔細觀察還有什麼地方沒有找到。就在這時，後方傳來走路聲，他才發現烈赤已經醒來了。烈赤不發一語地朝黑暗中走去，一下子便看不到了。速不台有點慌張，趕快蹲下來繼續摸索，卻始終沒有結果。過不久烈赤便走回來了，手上拿著四支箭矢。

「你有耐心，這很好。」烈赤隨手丟了什麼到速不台前方。

「這……，最後一顆！」速不台不禁大喊。

烈赤將那四支箭矢擦乾淨，用一條布綁住了箭羽，塞進腰上的箭袋裡。他拍了拍手，馬兒打了一兩個響鼻立刻站起。祈祈可跳到烈赤的手臂上，他輕輕撫弄她的羽毛，過了好一陣子，烈赤將手舉高，祈祈可也順勢向上飛去，消失在夜空中。

「我去追勃拔喀部，你可以回去了。」

「我跟你一塊去。」

烈赤沒有回答，翻身上馬向前奔去。速不台也立刻跟了上去。

「你射出的那四支箭是做什麼用的？」速不台問道。

烈赤沉默，鬆開綁住箭羽的布條，抽出了一支箭矢，連同背上的弓一併遞給速不台，並向前方點了點頭。速不台會意，立刻試著彎弓搭上箭。

「你不會射箭？」烈赤瞄了他一眼。

「納可兒不能擁有武器。」速不台苦笑。

「拇指勾弦，食中指扣，右側搭箭，閉氣撒放。」

沒一會兒咻地一聲箭矢飛出，奇怪的是，速不台注意到箭矢竟在黑暗中拉出一道淡淡的光線，轉瞬即逝。

「怎麼會？」速不台奇道。

「側眼看箭落處。」

「咦，這……」

速不台側眼望去，竟在黑暗中看到一個極度微弱的光點。但正眼望去，卻又什麼都看不見了。速不台催促馬兒快速靠近那光點，想看個清楚。兩人靠近後，烈赤將箭矢拔起。速不台仔細一看才發現那微弱的光是由箭羽上發出的，不禁感到十分新奇。

「敵人沒有衝過落箭之前，都不用怕他們箭矢傷得了人。」

速不台恍然大悟，將弓還給烈赤。

「跟上。」烈赤馬鞭一甩向前奔去。

兩人在朦朧的月光下疾馳了許久，速不台注意到前方出現了樹林的黑影，他想起給察兒在樹林前揮手的樣子，不禁感到一陣厭惡。就連速不台都知道給察兒靠著哥哥札木合的威望，在草原上四處作惡，殺人偷竊不在少數。想到給察兒為了逃跑，竟將那群上等戰馬的腿都劃了一刀，速不台不禁怒火中燒。那些戰馬若不能復原，就只能淪為駄馬，像納可兒一樣工作一輩子然後死去。速不台不懂草原上的戰局如何，但他希望狼族能向給察兒討個公道，但前提是要找到勃拔咯部躲在哪。兩人現下已到了樹林邊緣，烈赤跳下馬往地上摸索，速不台也跟著下馬。

「不要動。」烈赤輕聲說道。

速不台一聽僵住，看烈赤蹲在地上不斷用撫摸泥土與樹根，越走越遠。最後他站起來，視線由近到遠，最後停留在速不台的身上，但卻沒有聚焦在他身上。他看的是……過去？速不台也拼命想看出個所以然來，但在朦朧月光下，他只能看到黑濛濛的一片。

「眼睛看不到的，手能清楚知道，摸摸看。」烈赤說道。

速不台跑過去蹲下來，用手摸索泥地。他摸到許多圓弧形的凹痕，顯然是蹄印。他再仔細摸著烈赤指著的蹄印，發現這個比其他蹄印要深上許多。

「我記得那批圍獵隊的馬背上沒有獵物呀。」速不台問道。

「這是給察兒的馬。」烈赤站起，跳上馬兒。「被蟒古斯降生的人身上背負祂的靈魂壓著大地，你摸到的可說是蟒古斯的足跡。」

速不台驚訝地說不出話來，烈赤引導速不台的手，去觸碰更多的足跡。

「他的馬在這裡原地踏了好幾步，應該在跟他的人爭論什麼，動作不小。」烈赤走了幾步，再次蹲了下來。「土向後堆起，蹄印變得更深，他在這裡甩了馬鞭。」

速不台輕觸蹄印，腦中想像出了當時給察兒大甩馬鞭憤而離去的畫面，他幾乎難以想像能從蹄印就看出如此多的東西。

「沿著蹄印摸過去，就能知道他們的方向了。」

烈赤沒有回應，一邊盯著滿佈裸露樹根的土地，一邊往深處走去。速不台立刻跟上，但不時就蹲下撫摸地面。沒有了烈赤的指引，他只摸到一堆凌亂的蹄印，顯然圍獵隊跟著給察兒離去了。兩人摸黑走了好一段時間，速不台正驚嘆烈赤能精準地在黑暗中看到蹄印時，烈赤卻蹲了下來，不斷在地上摸著。速不台不敢靠近，以免破壞了足跡。

「過來看看。」

速不台走向前摸索，卻摸不到任何蹄印，地面相當平坦，長了些稀疏的草。他轉了個方向摸去，過一會兒竟發現了數不少的蹄印。

「恐怕他們是走這方向。」速不台說。

「你有聽到任何聲音嗎？」烈赤問。

「什麼聲音？」

「一切。」

速不台豎起耳朵，他聽到風聲，枝椏摩擦聲。有什麼好奇怪的？

「啊！」速不台驚覺不到任何動物的聲音，除卻了風聲，一切寂靜的令人心驚。

「樹林被獵空了。」烈赤站起來。「你摸到的蹄印是假的，這裡平的太不自然，是被抹掉的。」

「什麼？」烈赤驚呼。

「他們不只是圍獵隊。」

「伏兵？」

「會爬樹嗎？」烈赤突然轉頭看向樹林深處。

「什麼？」

「上去。」

見識過了烈赤的能耐，速不台不疑有他，看到一旁樹下有顆大石，一跳便上了樹。他爬到高處才發現樹林深處不知何時，竟出現了許多個綠幽幽的光點在暗處閃爍，正不斷靠攏。烈赤在地面上動也不動，晦冥的月色讓他看起來只是一團黑影。速不台吞了吞口水，抱緊樹幹不敢喘氣。

周遭一片寂靜，等他鼓起勇氣往下看時，他已經找不到烈赤了，而綠光在樹下方圍成了環狀。刺鼻的騷味撲向速不台的鼻子，同時下方傳來淒涼的狼嚎聲，令速不台全身毛孔炸了開來。一隻體型特別大的狼圍著樹下一塊大石繞圈，不時低吼，而狼群則是不斷發出嗅聞聲，似乎在尋找什麼，令速不台直發寒。他用眼角尋找烈赤，但地面或鄰近的樹上卻沒有任何蹤影。不知道過了多久，狼群終於開始移動，綠光漸漸消失，但他始終不敢下樹，誰都知道狼是出了名的狡猾。

「下來吧。」烈赤的聲音不知從何處傳來。

速不台四處尋找烈赤，驚訝地看到地面上那顆石頭竟然動了動，變成了人的模樣。速不台立刻爬下樹，一看果真是烈赤。

「我以為你就是那顆石頭！」速不台驚道。

「那一刻，我就是石頭。」烈赤皺眉看了看速不台。「一顆發出怪味的石頭。」

「你怎麼做到的？」

「無風的河，沿岸是什麼就能映出什麼。」

「所以有風的話……，什麼都沒有？」

速不台陷入沉思，而烈赤看著狼群離去的方向，眉宇間陷出了一道深谷。

那時候烈赤幾乎餓到不能動了，山頂上根本沒有什麼東西可以獵，雪更是無情地想淹沒他。塔陽只說了一句：「活下來。」，就跟著白海青消失了。祈祈可喝了他的血後，似乎有了點體力，但仍舊在他懷裡緊閉雙眼動也不動。烈赤知道自己是沒有體力下山了，下雪的時候，他只能靠在山壁上，緊緊用皮外套包住自己，不斷將熱氣吹到祈祈可身上。沒有雪的時候，他則是試著在一片碎石中找蟲子或蠑螈吃，但大部分都分給了祈祈可。久了，就連小蟲子也找不太到了。他注意到不時有黑燕飛來，在碎石堆裡找蟲子吃，他丟了不少塊石頭，卻一隻也沒丟中。

烈赤已經數不清太陽升起了多少次。現在他靠坐在山壁上，風雪早已將皮外套吹開了，他卻沒有力氣裹緊，任由白雪灑落在他身上。他眼睛微張，只看到一片白色，他不知道維持這個姿勢已經多久了，只覺得久到自己已經與山壁融為一體，他甚至不覺得冷，也感不到自己的肢體，他只覺得輕飄飄的，彷彿是風雪的一部分。

這時，一隻黑燕飛了過來，在附近不斷啄著。黑燕跳著跳著，竟跳到了一個奇怪的東西上面。烈赤不禁感到疑惑，那東西是褐色的，雪在上面竟會融化，尾端分岔成五個細肢。黑燕跳到了細肢的中心，猛的一啄，竟咬出了一隻蟲子。黑燕跳了兩下，努力將蟲子咬緊。將一切看在眼裡的烈赤覺得那東西好熟悉，簡直就像自己的手。突然他覺得好冷，似乎連骨頭都結凍了，心臟似乎開始重新跳動，微弱但明顯越跳越快。

黑燕感到身邊似乎有個東西，轉頭看去才發現身邊的大石不知何時竟成了個人，烈赤在黑燕的微小眼珠裡看到恐懼，就在黑燕壓低身體想張開翅膀前，烈赤的手猛然抓緊。黑燕在瞬間失去了生命，沒有絲毫痛苦。

烈赤緊緊抓住黑燕的屍體，似乎用盡了最後的力氣。

「燕兒啊，謝謝你的犧牲，讓我得以活下去。」烈赤喃喃道。

黑燕沒什麼份量，瞬間就化成了一人一鷹的一部分，祈祈可似乎相當高興，縮進了烈赤懷裡啾啾叫。還沒有被黑燕吞進去的蟲子似乎看到了一切，努力地爬離這個龐然大物。烈赤依舊十分虛弱，他想將手伸向蟲子，但花了好大的力氣才將手抬高，就差一點了。然而烈赤的手停留在了蟲子上方顫抖著，他笑了笑，手像是斷線風箏一樣頹然落下，無力地砸在雪地上。

他思考著為什麼無數個日出日落間，明明沒有一隻黑燕敢靠近他，就在他死前竟會自投羅網。冷冽的寒雪凍得他難以思考，自從靠在了這座山壁上，他似乎已經很久沒這麼冷了。怎麼現在好像凍得連骨頭都要裂開了呢？烈赤不解，想著想著，眼睛便逐漸閉起來。

「因為那一刻你既是風雪，又是山壁。」

烈赤努力睜開眼，看到塔陽出現在他面前，身穿白袍的他幾乎與雪融為一體。烈赤嘴巴微張，卻沒有發出聲音。

「先有情慾而後為人，斬斷了情慾，就是個死人。死掉的人就連蟲子也不怕，何況是吃蟲的黑燕？」塔陽轉頭看了身後一會兒，然後再次看向烈赤。「鷹族人馭鷹要先駕馭情慾，必要時斬斷，就能成為一切。」

「怎麼又……出現了？不是要餓死我？」

「時間不夠了，烈赤，又一顆頭降生了。」

塔陽語畢，烈赤聽見某種類似雨聲的聲音自遠方傳來。山腳下雨了嗎？烈赤感到疑惑，不禁抬頭看著聲音傳來的方向。風雪中，竟有黑霧也似的東西飄了過來，速度極快，還伴隨著越來越大的雨聲。塔陽看著黑霧，滿臉愁容，他肩上的白海青這時竟也坐如針氈似地拍了拍翅膀。

啪！一個黑點已極快的速度撞向了附近的樹，使得積雪紛紛落了下來。又是啪的一聲，另一棵樹也被擊中了。撞擊聲越來越頻繁，有個黑點撞到了烈赤附近的峭壁，摔落到他旁邊，竟是一個頭撞歪了的黑燕，嘴角流著血，眼睛睜的老大。第一波黑燕死了不少，地上密密麻麻都是屍體，再來的黑燕則能安穩地降落在地上或樹上，一片望去，白雪幾乎消失了，被黑燕覆蓋成了黑色。烈赤眼睛睜的老大，幾乎無法相信眼前正在發生的一切。

「黑燕會遷移。」塔陽沉痛地閉上眼。「但這是逃亡。」

速不台看著烈赤往狼群離去的方向沉思，忍不住打破了寂靜。「我從來沒看過狼群。」草原狼在草原上雖不少，但通常會避開人群，只有獵物短缺的嚴寒才會膽敢攻擊人的牲畜。草原人也不太計較，一兩隻羊就能餵飽一個狼群，只要別太頻繁，就當是祭給了長生天。因此能親眼見到狼的人不算多，更不用說是狼群。而剛剛速不台簡直嚇壞了，樹下全是綠幽幽的光點。

「如此數量，那是逃亡。」

「逃什麼？」

「降生的蟒古斯。」

「什麼……蟒古斯？」

烈赤沒有回答，而是往樹林深處走去，速度相當快，甚至不再停下檢查足跡。速不台得小跑步才能跟上烈赤，但他就著微弱的月光觀察，卻發現土地上沒有任何足跡，甚至沒有任何人走過的跡象。兩人不發一語，在黑夜中移動了相當長的距離。到底怎麼追蹤的？烈赤心想，有什麼我沒看到得嗎？

「你怎麼追蹤的？」速不台鼓起勇氣。「我什麼足跡都沒看到。」

烈赤沒有回應，但速度卻慢了下來，似乎在思考。「我不曾追蹤過足跡。」

「什麼？」

「我追蹤的是……變化。」烈赤又沉默了好一段時間。「一切事物，就算是風吹過也會產生變化，只是你們只看得到稱為足跡的變化罷了。」

「但這裡沒有足跡。」

「正是如此。」

「沒有足跡也是變化？」

烈赤不再回答，而是加快了速度。速不台嘗試理解烈赤跟他說的一切，但放眼望去，也僅是晦暗不明的樹林而已。難道是足跡被掩飾地太乾淨了，他看起來就是一條再顯眼不過的路？速不台難以想像，但烈赤的確就像是在走熟悉的路似的，一點遲疑也沒有。兩人在黑暗中行走了許久，幾乎看不到月亮了。突然烈赤用手掌抵住了速不台的胸口，然後緩緩蹲下。速不台不敢再動，跟著烈赤壓低了身體。烈赤拍了拍速不台的肩膀，用手指比了比自己的眼睛，再指向暗處。

速不台望向烈赤指的方位，只看到一片朦朧的黑暗。速不台疑惑地看向烈赤，才一轉頭，眼角就捕捉到了一個動靜。朦朧的黑暗中，有個黑影動了動，顯然是人的頭。這時候？夜哨？，速不台心想。烈赤又伸手指向了另一邊，速不台看了一會兒，果然又發現了另一名夜哨。

烈赤將速不台推向一棵樹，指了指自己，又指向前方。速不台會意，蹲著走向樹，躲避著夜哨的視線慢慢地爬上去。爬了好一會兒，他看了看地面，發現烈赤早已消失在黑暗中。他發現有些東西似乎被樹林遮擋住了，在稀疏的樹葉間若隱若現，發著微光。他慢慢地往上爬去，卻不禁被眼前的所見給驚呆了。

穿過樹林之後，前方竟全是密集的營火，到處都是大小不一的氈帳。雖不及鐵木真的狼族營盤，但說是個軍隊的大營絕不為過。速不台不禁吞了吞口水，合撒兒帶五百人肯定不夠，他心想。他小心地將自己隱藏在樹葉之間，靜靜等待烈赤。幾乎兩天沒睡的他，馬上昏沉沉沉了起來。也不知道過多久，他隱約聽到有人用指頭輕敲樹幹，他驚醒過來，揉揉眼睛發現東方已隱隱透著紅光。他慢慢爬下樹，立刻看到烈赤用手勢要他噤聲，然後指了指前方，低身往那方向走去。

速不台身後的樹林仍是一片黑暗，沒有烈赤的指點，他壓根找不出夜哨的所在。兩人在黑暗中步行著，東方的紅光越來越明顯，速度也越來越快。看來自己睡了好一段時間，不知道他發現了什麼？速不台沒有發問，專心地跟在烈赤背後。

速不台覺得回程速度快了很多，周遭的樹林再次變得稀疏，而現在烈赤幾乎是用跑的了，就在速不台快要喘不過氣之際，終於看的到馬匹了。烈赤臉不紅氣不喘地從馬背上拿出水袋喝了幾口，然後丟給速不台，他接過水袋張嘴便灌。

「我們直奔回營。」烈赤翻身上馬。

速不台還在喝水，一聽到烈赤說話趕緊跳上馬，幾乎被嗆到。

「那是誰的營盤？」

「勃拔喀部的營盤。」烈赤眉頭深皺。「還有札答蘭部的軍隊。」

王帳裡聚集著不少人，各個比手畫腳地爭論著。

「這表示他們已經結盟了！」

「別妄下定論！也可能是聯合圍獵。」

「離我們不到兩天的路程？」

「你也聽他說了，整座樹林都被獵空了。」

「他也說狼群逃亡呢，哈！」

速不台站在王帳裡，臉紅得跟什麼似的。現在他眼前全是鐵木真的親信，許多人他見都沒見過，而現在他們都用懷疑的眼光盯著他瞧，烈赤倒是說完了自己偵查的結果後就在一旁閉眼養神，根本懶得理會眾人的質疑。

「沼澤那邊牲畜不可能餵得好，我說就趁現在偷襲！」

「搞不好這是札木合的詭計，如果我們殺了勃拔喀部哪怕一人，那他們肯定和札木合聯手報復我們。」

「夠了。」鐵木真嗓門不大，但整個王帳竟瞬間陷入寂靜，連根骨針掉到了地上都能聽得一清二楚。

鐵木真環視眾人，最後目光停留在了速不台身上。霸道的氣勢排山倒海似地襲來，速不台全身的毛孔立刻炸開來，就連腳都開始發抖。速不台害怕得要死，但他強迫自己迎向大汗的目光，回過神來後，他驚訝地發現大汗的眼神雖有些許質疑，卻不存在任何歧視，看自己就像看其他親王一樣。

「兀良哈部的速不台？」

「在！」

「你說該派兵嗎？」

「報……報！給察兒偷了我族戰馬，逃跑不成還傷了馬兒足筋。戰爭我……不懂，但此罪該討回公道！」

速不台這番話惹來了部分人的譏笑，但鐵木真卻撫鬚思考著。

「偷襲或可贏得先機，卻輸了草原人的敬重，非必要，不可行。」鐵木真說道。

「大汗，若輸了先機，論人數我們必敗無疑。」一名親王說。

「這是您稱汗來第一場戰役，各族都看在眼裡。若人數實在懸殊，我敢講主兒勤人肯定第一個投降。」另一人附和。

鐵木真大手一揮。「派兵向紿察兒討公道再自然不過。若他們不肯繳出紿察兒，這可是進攻的好藉口。」他從一旁的箭桶裡抽出一支箭並看向合撒兒。「你和闊闊出先帶兩千人去。」

「領命！」合撒兒大喊，單膝跪地接過令箭。

「烈赤，雖然知道了方位，但你還是跟著大軍去吧。」合赤溫盯著烈赤。「畢竟你與勃拔咯部……，似乎有些淵源。」

烈赤睜眼看了合赤溫，點頭示意。

隨著鐵木真下令，眾人也魚貫離開，王帳再次剩下了鐵木真與合赤溫。

「你說他以前是勃拔咯部人？」鐵木真問道。

「對，但兩年前被放逐了。」

「一有問題就活捉回來見我。」鐵木真摸著手上的烏黑扳指，深色凝重。

「是。」

海日古猛力拍向速不台的背，害他嘴裡的熱奶酪差點噴了出去。

「好啊你。弓都拿不好就跟著去查勃拔咯部的大營。你那十個人這兩天沒十夫長，可都懶得很。」海日古嗓門相當大。

「石頭都在這。」速不台趕緊將熱奶酪吞進去，然後將懷裡的石頭取出。

「帶著吧，合撒兒下令了，你得跟著去會會勃拔喀部。如果回的來，再去跟你的人操練吧。」海日古朝速不台背後努了努嘴。

隆隆馬蹄聲自遠而近，在揚起的煙塵中是一片黑壓壓的騎兵。這……這就是狼族鐵騎嗎？速不台吞了吞口水。

「跟來。」海日古道。

「是。」

合撒兒騎著一匹高大的駿馬，身上穿著上好牛皮甲，正在與闊闊出談話，烈赤則在一旁冷眼看著他們倆。他們面前有一排隊伍，相較於一般士兵顯得特別沉著，年紀也大些。

「那些是百夫長，都是合撒兒的百戶。」

有個人見到海日古和速不台走來，立刻牽來兩匹戰馬。海日古接過一匹特別高壯的戰馬，而速不台的馬背上掛著兩個箭袋、刀弓各一把。

「這是十夫長的武器，要更好的，拿人頭去換。」海日古道。

「是。」烈赤撫摸著油亮的弓，一想到這些是屬於自己的，就覺得很不真實。

「探子先走。」合撒兒大喊。

十名騎兵衝出隊伍，朝沼澤的方向奔去，那些探子身子並不高大，身上只穿皮襖，身上只配短刀以減輕重量。

「札答蘭部的紿察兒，也就是札木合的弟弟。偷了狼族戰馬，雖然都追了回來，但給他逃了。沒有討回公道，狼足部難以在草原上立足。」合撒兒拿著令箭大喊。

「馬的足筋卻都被砍了。這刀是砍在馬身上，傷的可是狼族的威名。」闊闊出環視眾人。

「今天報仇去啦，搶到的戰利品，人人有份！」

這下人群可是瘋狂了，士氣相當高昂。鐵木真自從稱汗以來便不斷擴大軍力，但還未曾有過真正的戰役。若首戰就獲得勝利，搶到的戰利品不說，光是能參與就是大大的榮耀。

「進軍！」合撒兒舉高令箭，向沼澤的方向指去。

他前方的百夫長立刻散開去，隊伍浩浩蕩蕩地出發了。由於離目標不到兩天路程，合撒兒並沒有帶錙重隊，而是每人配兩批馬，輕裝上陣。無人的馬匹跟在隊伍後面揚起許多煙塵，浩浩蕩蕩地顯得氣勢十足。速不台跟著海日古的隊伍前進，第一次看見行軍的他，心情不由得也澎湃了起來，興奮地東張西望。

「小子，別看傻了眼。這批隊伍說穿了就是人數多的劫掠隊伍。」海日古指了指闊闊出的千戶。「闊闊出的人，上馬就是為了搶戰利品跟女人。真要打起來，別指望他們。」

「但人數……，我親眼看見的，整個草原全是營火。」

「戰爭比的不只是人數，別的不說，我的百戶每個都是狼族戰士，各個都可以一擋十。」

速不台往後看去，合撒兒的隊伍的確整齊許多，士兵也顯得更加沉穩，不像闊闊出的千戶吵雜無比。

「你是第一個進我百戶的外族人。」海日古看向前方。「管你進過王帳還是跟合撒兒追查馬賊。在戰場證明自己前，別忘了你只是個納可兒。」
「是！」速不台脹紅了臉。
兩千人的速度快不過四五人的小隊，等到軍隊抵達沼澤地時，太陽已經幾乎落下了。海日古與速不台被傳令請到了隊伍前方，兩人抵達時，發現闊闊出正在手舞足蹈地說話。
「派人過林，直接和勃拔咯部對質！」闊闊出大力揮手。
「他們探子肯定知道我們派兵來了，若給他們一晚調度，確實會錯失先機。」一名百夫長說道。
「但已經行軍了一整天，士兵都不休息嗎？」
「今天不是急行軍，乞顏部的男人可沒把這放在眼裡。」
「你意思是我們主兒勤人就不行嗎？」一名百夫長大吼。
「你們行不行，我怎麼會知道？」
「夠了。」合撒兒喊道。「我帶五百人過林，烈赤你帶路。其餘人等在森林佈防，不可生火，海日古，你的百戶跟來。」
眾人領命離去，烈赤下馬靠著一棵樹閉目養神。
「祈祈可呢？」速不台坐在了烈赤旁。
烈赤朝天空指了指，眼睛仍閉著。
「如果真的開戰了，真的必敗無疑嗎？就因為……蟒古斯？」

「說什麼小孩子故事！如果勃拔喀部幫札木合出兵，有沒有蟒古斯都輸定了。」闊闊出大聲插嘴。

「勃拔喀部的大汗前陣子死了。還沒人繼承汗位，札答蘭部的軍隊就出現了，肯定有問題。」合撒兒摸著鬍子思考。

「他長子是一個叫巴特爾的吧？聽說還挺有才能。」闊闊出指著烈赤。「喂！以前在勃拔喀部待過，嗯？你倒來說說看。」

「帶你們過林後我就會離開。如果蟒古斯死前開戰，你要派人聽我號令，其餘的多說無益。」烈赤站起來，走進了樹林。

「呿！我看搞不好他就是勃拔喀派來的賊人。」闊闊出低聲碎念。

速不台拿出了牛肉乾與奶酪吃著，他終究不知道蟒古斯是真是假，但逃亡中的狼群仍舊歷歷在目，逼他的不得不相信有某種力量在作祟。天幾乎已經暗了下來，合撒兒的百戶動作相當迅速，沒多久就整隊完畢。

「出發。」合撒兒下令。

烈赤搶先駕馬前行，眾人摸黑跟他走。五百人離開了大軍一段距離後，合撒兒才下令讓大家點起火把趕路，一排長長的火龍立刻出現在樹林中。四處不斷吹來莫名的風，搖曳的火焰照得眾人的陰影忽長忽短，樹林反倒變得更加詭異了。五百人不發一語，專心致志地駕馬跟著前方的人走，想辦法不讓座騎拌到樹根摔傷。也不知道過了多久，首先是在隊伍前方的人，「啊」地喊了一聲，打破了眾人的沉默。他們已經幾乎穿過了樹林，四周樹木變得稀疏，而樹林外竟閃著一排火光，相當密集。

「搞什麼，歡迎隊？」海日古手握在弓上顯得相當興奮。

「備弓！」合撒兒大喊。

傳令立刻衝向後方傳遞命令，速不台慌慌忙忙地拿起了弓，其他人則訓練有素地彎弓搭箭，只待合撒兒的命令，就能激起鋼鐵箭雨。

「大概兩百人。」烈赤說道。

「海日古，隨我會會他們。」合撒兒大喊。

「是！」海日古衝到前方。

「慢，有人過來了。」烈赤指著前方兩個搖晃的光點。

「哼，還算有膽子，搞不好是那個巴特爾。」闊闊出盯著火光喃喃說道。

巴特爾在草原上算是有名號的，就連速不台都聽過。勃拔咯部這幾年從小族變成大族，巴特爾功不可沒。他為人講究公平，從不濫殺無辜，更重要的是能善待戰俘，頗獲人心。自從兩年前的異相開始，努桑哈鬧了怪病，於是漸漸地放手讓大小事都由他來操辦，據說就是下任的大汗。

那兩人已經勉強能看到臉了，其中一人頗顯老態卻殺氣外露，令人望而生畏。而另一人的身軀可謂驚人的巨大，速不台從未見過如此壯碩的人，那人滿臉橫肉，身穿一種佈滿金屬片的盔甲。這時他驚訝地發現烈赤不知何時握緊了雙拳，正不斷發抖著。

「乞顏部的朋友來的正好，恰好我族有貴賓來訪，還請一道入營共享我族的鹽、羊肉與馬奶酒。」那名頗顯老態的人說話中氣十足。

「我是乞顏部的合撒兒，報上名來。」

「勃拔喀部大汗宿衛隊長岱欽。」

「你們大汗不是上天去了嗎？」闊闊出尖聲問道。

「勃拔喀部還未有新的大汗，在那之前，努桑哈汗都是我族的大汗。」岱欽說道。

「我們不是來作客，而是來討個公道。我知道給察兒就在你們營裡，把他交出來。」合撒兒說道。

「給察兒非我族人，正巧我族貴賓是札答蘭部人，宴會正要開始，各位不妨入營問問？」

原本以為會是劍拔弩張的場面，竟然成了入宴邀請，這下合撒兒與闊闊出面面相覷，一時間也不知該如何反應。

「各位請。」

「好傢伙，不去可把我們看扁了。」闊闊出不屑地說。

速不台注意到烈赤從頭到尾都盯著岱欽不放，而岱欽旁邊那名異常高大的壯漢則是緊瞪著烈赤，雙眼簡直要噴出火來。他們認識？速不台感到疑惑。

「闊闊出、烈赤，隨我會會他們。其他人入營待命，由海日古指揮，派個傳令去通知林裡的人備戰，火箭為信。」

「領命！」海日古點頭。「速不台，跟來。」

「是。」速不台擔心地看了看烈赤，發現他仍緊盯著岱欽的背影不放，雙眼睜的老大，略顯瘋狂。

「走吧。」合撒兒馬鞭一甩，朝勃拔喀部奔去。

勃拔喀部營盤顯然是倉促間紮營的，略顯混亂，但規模確實超過合撒兒的想像。一行人跟在岱欽後面，打量著四周。如同傳言所說的，這裡混雜了各種部族的人，他甚至看到了一個金髮的斡羅思人。他們一臉疲憊，冷冷地看著合撒兒一行人經過，合撒兒不理會他們的目光，四處尋找軍隊的跡象，但放眼望去反倒是平民居多。怎麼像是部族遷移？合撒兒心想。

「都是老人跟女人。」闊闊出壓低聲音說道。

「若是要開戰，不會帶這些人來。」合撒兒說道。

「累贅這麼多，派個傳令去跟大汗調兵，明早全剿了。」

「如果他們還沒跟札木合交盟，這樣……」

「前面。」烈赤指了指前方。

他們跟著岱欽穿過散亂的氈帳，前方是一大片空地，大量士兵圍著營火烤肉吃著。而前方中央則是一個巨大的氈帳，顯然是王帳。

「人倒不少，兩千人不夠，要打得派人會去要兵。」闊闊出打量四周。

「合撒兒，我跟我的百戶在外面等你。」海日古帶著人從後方跟了上來。

「乞顏部的朋友，請。」岱欽跳下了馬，將武器掛在馬上。

「哼！要套兔子手也得伸進洞裡。」闊闊出一翻身下馬。

「朋友。」岱欽指了指闊闊出身上的武器。

「無妨。」合撒兒首先將武器卸了下來，並朝海日古點了個頭。

「呿。」闊闊出不甘願地將武器卸下。

「朋友。」岱欽看著烈赤的方向，卻沒聚焦在他身上，只是盯著他的武器。

烈赤盯著岱欽，卻不動作，眼神極為冷漠。過了一段沉默的對峙後，烈赤卸下武器交給速不台。

「請！」岱欽大喊。

王帳空間相當大，好幾個火堆燃燒著，裡頭相當溫暖。一群人坐在地上，前面放著烤好的肉與馬奶酒，空氣中滿是肉香。岱欽也不行禮，一進王帳便找了個位置坐下來。合撒兒才剛進去就愣住了，王帳最裡面有兩個人並坐著，其中一人看起來雖年輕卻枯瘦憔悴，而另一人正值中年，相當高大英俊，唯獨那雙眼帶著的殺戮之氣，簡直就像他獵到的豹一樣。札木合？合撒兒不禁皺起了眉頭。

「狼族的朋友，歡迎，你將享有我的鹽、羊肉與酒。」那名坐在札木合旁邊的人說道，聲音氣若游絲。

「那是巴特爾？怎變成這副德性？」闊闊出輕聲問道。

「謝謝你的招待，巴特爾。請務必來訪乞顏部，大汗將與你共享一切，還有真誠與善意。」合撒兒行了個禮。

「若有善意，怎麼會帶大軍來訪呢？」札木合將酒杯放到嘴邊，盯著合撒兒。

「這附近出了馬賊，不帶點人揪出來，怕連勃拔喀部的馬也要被偷了。」合撒兒坐下。

「哦，馬賊？被偷了幾匹呢？」札木合將酒飲盡。「都是草原人，說來大家幫忙找找。」

「自然全數追了回來，狼族的戰馬可是如此好偷的？」

「戰馬？連戰馬都被偷了，小心下個被偷的就是士兵啦。」一名勃拔喀部人笑道。

王帳內爆出一陣大笑，合撒兒臉色相當難看，唯獨岱欽專心地吃著東西沒有反應。

「各位抓到馬賊都如何處置呢？」闊闊出打斷眾人。

「殺！」有人喊道。

「放血到死！」另一人附和。

「馬賊抓到了嗎？」札木合翹起了一邊眉毛。

「快了。」闊闊出說道。

「各位奔波許久了吧？快快享用，馬賊等等再談。」巴特爾打斷了眾人，接著他目光停留在了烈赤身上。「烈……烈赤，對吧？」

巴特爾站了起來，曾經高大的身軀，如今不知怎地竟變的相當清瘦。他走過去將扶了起來，睜大眼睛觀察。

「真的是你！」

「巴特爾。」烈赤點了點頭。

「我就知道你死不了。」巴特爾輕拍了他的肩膀。「你被放逐後，什麼都變了……」

「巴特爾。」岱欽低聲說道，一旁議論紛紛的勃拔喀部人竟也同時禁聲。

「歡迎。」巴特爾拍了烈赤的肩膀，走回到了自己桌上。

眾人又開始吃起食物來，許多勃拔喀部人對岱欽敬酒，卻看也不看巴特爾，不禁令合撒兒感到相當疑惑。

「看吧，烈赤果真跟勃拔喀部人有關係。」闊闊出低聲說道。

「但放逐？」合撒兒疑道。

烈赤動也不動前方的食物，只是直直地盯住岱欽，而岱欽竟也回望他，兩人似乎在進行無聲的對話，眼中的敵意更是明顯不過。

「似乎不用擔心，若打起來，恐怕他會第一個拔刀。」合撒兒低聲說道。

「哼，隨便他。」闊闊出猛灌一口酒。「我可受不了，要開戰還在這喝假酒。」

「先靜觀其變。」

「狼族的友人，怎麼都不吃肉呢？難道嫌不好吃？」札木合輕聲問道。

一聽到札木合開口，王帳內瞬間陷入沉默，眾人紛紛轉頭看向合撒兒。

「我有任務在身，完成前不好放縱。」合撒兒穩穩回答。

「肯定是肉不好吃吧？你一定要試試，這可是上佳的狼肉。這附近的狼看到我們兩族聯合圍獵，嚇得全跑光了，現在想獵可獵不到了。」

「你想說什麼？」闊闊出喊道。

「怪的是，我弟弟前幾天也出去獵狼了。」札木合用手扶著臉。

「是啊，他前幾天向我要了幾個人，說要去獵點東西來吃。」巴特爾說道。

「如果你是說給察兒，那麼我三天前見過他。」合撒兒說道。

「就是他偷了我們的戰馬。」闊闊出大喊。

「給察兒怎麼可能去偷你們的戰馬呢？」札木合驚得睜大雙眼。

「請他出來，我跟他對質。」合撒兒說道。

「他今天才回來，也在這呢，你問問他？」

札木合站起來，將後頭的一塊布掀起來，眾人立刻倒抽一口氣。給察兒就倒在那邊動也不動，顯然已氣絕身亡。

「他回來的時候就這樣了，我還以為是被狼咬死的。」札木合將屍首踢向前，給察兒的頭面向了眾人，背後插著一支相當長的箭矢。

合撒兒幾乎無法掩飾自己的震驚，他確定沒有人殺死給察兒。箭羽泛著金光，一看就知道烈赤的箭，難道……。合撒兒轉頭看著烈赤，發現他面無表情地盯著給察兒的屍體。

「那天離這麼遠……，我們也不能確定那就是給察兒啊。」闊闊出耳語。

「這箭……」札木合踩著自己弟弟的屍體，用力將箭矢拔出。「各位看看是不是像傳說中的鷹翎箭？」

眾人立刻開始交頭接耳，指著札木合手上的箭議論紛紛。

「巴特爾，當年你們剿了鷹族，有俘虜幾個人吧？」

巴特爾點頭不語。

「請來看看是不是鷹翎箭吧？」

「一人死了，一人被放逐了，鷹族已經消失了。」巴特爾搖頭。

札木合點了點頭，看了一眼烈赤。「射出這支箭的人，殺了我弟弟。各位可願意替我報仇？」

微醺的眾人大力拍起自己的胸脯，喊著要替札木合報仇。這下合撒兒幾乎沒了分寸，他想不到給察兒已經死了，若他們發現這支箭是烈赤的箭，那勃拔咯部就不可能與狼族交盟了。烈赤目光又回到了岱欽身上，這兩人似乎不存在於氈帳裡似的，靜悄悄地不發一語。

「狼族的友人，可願意幫助我這喪失手足的人？」札木合將箭指向合撒兒。

「如果……」合撒兒才說到一半，便被札木合打斷。

「這是戰爭！這支箭，不但殺了我手足，也是這場戰爭射出的第一箭。」札木合大喊。

「請各位幫我找出真相，剿了兇手全族，我先以這杯酒敬謝！」札木合隨手抄起一個酒杯灌了一大口。

眾人紛紛舉高酒杯，同仇敵愾地喝乾了酒。合撒兒與闊闊出悻悻然地看著對方，難以想像事情怎會如此發展。

「喂，那支箭就是你射出去的吧，是你殺了紿察兒？？」闊闊出低聲問道。

烈赤沒有反應。

「快走吧，他的箭袋還在外面，被認出來的話，身邊可只有海日古的百戶。」闊闊出看向合撒兒。

「巴特爾，狼族將不忘你的善意，但我有任務在身，不得不先走了。」

「勃拔咯部難道要讓客人徹夜趕路？」札木合問道。

「合撒兒，現在走可太不給我面子了。」巴特爾笑道。

「軍令如山，請諒解了。」

「是啊，別忘了狼族可是帶了軍隊來拜訪的。」札木道。

「至少讓人都吃飽了再走，可不能讓人小瞧了勃拔咯部。」巴特爾對一旁的人使眼色。「肉馬上就來，可別讓人說我勃拔咯部待客不周。」

「那就謝過了。」合撒兒只能點頭，起身與闊闊出和烈赤出了帳篷。

帳篷外空氣相當冷冽，合撒兒大力吸了口氣，想將這一切搞清楚。海日古與速不台就在外面等候，烈赤直接走向速不台領回武器，然後走到馬旁坐下來閉目養神。

「狀況不對，紿察兒被殺了，剿馬賊的名義沒用了，派人通知大汗。我們先回林裡紮營。」

合撒兒說道。

「是！」海日古領命就走。

「那個鷹族的有問題，弄不好人是他殺的。」闊闊出道。

「他不想開戰，怎麼又會殺了札木合的弟弟？」合撒兒瞇眼觀察廣場裡的勃拔喀部軍隊。

「別忘了他跟巴特爾好得很。」闊闊出邊說邊走向烈赤。「喂，把你的箭給藏起來，被看到我們就等死了。」

烈赤看了闊闊出好一會兒，最後拿出了一條布，慢慢將僅剩的三支箭尾綁了起來。

「那是鷹羽吧？」合撒兒也跟了過來。

烈赤點頭。

「不愧是百發百中的鷹翎箭，弄死了給察兒，現在馬賊去哪剿？」闊闊出尖聲問道。

「草原上還有任何人能夠做出這種箭嗎？」

烈赤想了想，最後搖頭。

「你就是用這種箭將偷襲的暗箭給射下來的吧？」

烈赤點頭。

「說不定有人將你的箭撿起來了。」合撒兒說道。

「憑什麼只有你能做，鷹的羽毛也不是沒看過。再說，顏色這麼深，我可沒看過這種鷹。」

闊闊出說道

「這些箭羽都浸過我父親的血。」烈赤閉上了眼睛。

闊闊出愣了一會兒。「呿，故弄玄虛。」

合撒兒頗為詫異地觀察烈赤的箭袋，想不出來那些的箭羽上有什麼樣的過去。但他沒有時間再問清楚，他看向王帳，思考著究竟是誰將烈赤的箭撿了起來。這時一群衣衫破舊的納可兒拿著各種烤肉走向了他們，海日古的百戶頓時熱鬧了起來。

「吃個樣子，吃完立刻撤回林裡。」合撒兒下令。

闊闊出走向前去，拿了一盤肉來張嘴便吃，同時招手將速不台給叫了過來。

「是你跟烈赤來偵查的吧？你一直在他旁邊？」闊闊出邊吃邊問。

「報！幾乎都跟著他，只有在看到勃拔喀部營盤的時候，他獨自偵查了好一段時間。」

「那時候你在做什麼？」

「怕被發現，躲……躲在樹上。」速不台紅了臉。

「看好他，發現他跟誰說話或打招呼，都來跟我回報。」

「是！」

速不台也想不到給察兒死了，聽他們對話，居然還是被烈赤的箭殺死的。那就是鷹翎箭？怎麼看起來就只是長點而已？速不台觀察烈赤，發現他就只是坐在馬旁閉眼養神，也不見什麼動靜。看了好一會兒，他放心地去拿了點肉來吃。不久，王帳裡走出來了一個人，身材瘦高，腳步有點蹣跚。那人環視整個營盤，最後走到烈赤旁邊似乎在說些什麼。這時王帳又走出來一個人，速不台仔細一看，竟然就是岱欽，懾人的氣勢逼得速不台立刻將視線移開。他假裝吃著東西，刻意瞄向岱欽，發現他走向王帳後方消失了。速不台轉頭髮現烈赤竟然跟著那名瘦高的人走了，看樣子是走向勃拔喀部的營盤裡，速不台立刻丟下食物跟上去。營盤內相當吵雜，勃拔喀部的士兵們一邊吃肉一邊喧鬧。速不台跟他們走到營盤的邊緣，他躲在一個氈帳後面探望，這裡頗為黑暗，幾乎見不到他們，附近也看不到人走動。

「下去吧。」陌生的聲音說道，語氣有點顫抖。

「隊長命令，不得擅自離開。」

「此人我有打算，你去請岱欽來這找我。」

「是……」

速不台聽得出那人明顯有遲疑，但還是離開了。守衛？在這裡有什麼好守的？他聽到帳門掀開的聲音，顯然他們進了氈帳。速不台伸長了頭，卻再也聽不到任何聲音了。他找了個位子躲起來等待，過了好一會兒，帳門的摩娑聲再次響起。

「他今晚想逃跑，給岱欽逮個正著。若不是我制止，還會被打得更慘。」陌生的聲音說道。

「這兩年他過得好嗎？」烈赤道。

「我父親生病後，部族就是由我帶領，戰俘都還過得去。」

「岱欽沒找他麻煩吧？」

「他沒有，倒是札納，被我嚴懲了幾次。」陌生的人笑了。「可能就是這樣，人心漸漸往岱欽靠攏了吧。」

「他要搶汗位？」

「你也看到了，軍隊不把我放在眼裡。」

「戰爭就要開始了。」

「可給察兒的死讓你們師出無名了吧？」陌生的人嘆了口氣。

兩人陷入了沉默。

「樹林邊，燧石火光為信？」

「謝過了。」烈赤過了許久才擠出這句話。

再來是很長的沉默，最後速不台聽得到他們離去的腳步聲，他過了好一陣子才從氈帳後出來。回到軍隊時，大伙兒吃得正開心，但合撒兒的臉色很是沉重，一旁的肉盤滿滿的一口也沒吃，而烈赤一樣在馬匹旁閉目養神。

「小子，去哪啦？吃飽準備撤了。」海日古大力拍了速不台的肩膀。

「奉闊闊出的命令監視烈赤。」速不台用眼角瞄了一眼烈赤。

「有狀況？」

速不台點頭，兩人立刻走去合撒兒和闊闊出報告，話還沒說完，就被闊闊出打斷了。

「果然有問題，先押起來了！」

「不，讓他去。」合撒兒將手靠在下巴上思考著。

「就不怕他洩漏什麼出去？」
「我要看看是誰來跟他碰面。」
「軍隊呢？」海日古問道。
「帶你的百戶待命，一有狀況就上去抓人。」
「是！」
「直接派個傳令去通知大汗？」闊闊出問道。
「通知什麼？」
「說烈赤是奸細，叫他直接派全軍來，一次蕩平札答蘭跟勃拔喀部。」
「這是我大哥被推舉為大汗的第一場戰爭，出了差錯，狼族永遠別想在草原上立足。」
「可惜了，如果給察兒沒死……」
「你想想，如果給察兒不是烈赤殺的，那他所作所為都算合理。」
「蟒古斯叫合理？」
「大汗似乎……，不排除。」合撒兒遲疑了。
「見鬼，就算真的有蟒古斯，哪敵的過狼族鐵騎？明天殺了札木合，草原上可就沒人敢挑戰大汗了」
「莫名其妙就殺了札木合，一出差錯也別想其他部族效忠了。」
「以後都拖合赤溫出來，這東西他最懂了。」

「先看看烈赤到底是跟誰見面吧。」

軍隊很快就整裝完畢了。合撒兒也不找巴特爾道別，托了個口信就帶軍隊走了。這次烈赤並沒有走在隊伍前頭，而是默默跟在後頭。不知道為什麼，合撒兒總希望他趕快跟上來，但烈赤卻消失在了隊伍後方。這時隊伍已經完全離開了勃拔喀部的營盤，靠近了黑林邊緣，除了士兵手上的火把，周遭一片黑暗。

「滅了火把進林待命，火箭為信。海日古，帶十個人跟我來。」合撒兒下令。

「是！」海日古手一揮，一名傳令立刻向後奔去。

「那方向？」合撒兒轉頭看向速不台。

「報，沒錯。」速不台答道。

「走。」合撒兒馬鞭一甩，奔入了黑暗。

烈赤在騎著馬慢慢向前踩去，等待與巴特爾約好的信號。他已經聽不到合撒兒軍隊的聲音了，剩下的只有風聲與自己的心跳聲。戰爭毫無疑問已經開始了，而射出第一箭的竟是自己。現在傳令應該已經在路上了，如果鐵木真決定直接派兵過來，那麼勃拔喀部非被滅族不可。而少了勃拔喀部這個盟友，人數就是札答蘭部的優勢了。烈赤握緊了自己的長弓。勃拔喀部的王帳上方雲層如此妖異，蟒古斯肯定是降生在札木合身上。真的有辦法殺了他嗎？想到這烈赤不禁皺眉。

遠方黑暗中有火光一閃而逝，烈赤跳下馬伏低身體，幾乎一聲不響。火花再次閃耀，映照出來的身影卻讓烈赤大吃一驚，岱欽？

「我知道你在附近，你們鷹族總是如此，出來吧。」岱欽平靜地喊道。

烈赤馬鞭大力甩在馬臀上，馬兒吃痛朝岱欽的方向衝去。烈赤往一旁跑開數步，背上的弓已握在手上，在停下的瞬間箭矢立刻破空而去，幾乎是同時，前方傳來岱欽坐騎的嘶鳴聲。他將弓背回背上，無聲地衝向前方，雙手已各多了一把匕首。

岱欽的馬兒中箭，痛苦地揚起前蹄，幾乎將岱欽甩下馬背。烈赤猛力一跳，抓住了岱欽的皮襖，順勢將他拉下了馬。兩人在地上翻滾了好幾圈，烈赤首先站起舉高手，匕首在空中翻轉了數圈，瞬間往下刺去，直接將岱欽的手掌釘在了地上。黑暗中並沒有傳來烈赤等待的哀號，僅有岱欽沉重的呼吸。

「小子，看清楚。」

烈赤脖子下方有東西閃了閃，竟是他掉落的匕首。岱欽只要往前幾分，就可輕易地割開他的喉嚨。

「收好。」岱欽將匕首丟在地上。

烈赤瞪著地上匕首的反光，幾乎無法相信眼前所見。岱欽悶哼，將手掌上的匕首拔出，用嘴撕下衣服包紮。

「你在狼族裡掙到了位置，不錯。」

「你也快搶到汗位了。」烈赤撿起匕首對準岱欽。

「為了部族，我可以不擇手段。」岱欽嘆了口氣。
「包括殺了我父親？」烈赤大吼。
「你認為我有殺他的理由？」
「你輸給了他。」烈赤一腳踹向岱欽的臉。
「沒人能永遠贏下去，輸給你父親又算什麼？」岱欽朝地上吐出一口血。
烈赤握緊匕首，朝天空大吼。祈祈可在夜空中現出了身影，像個流星似地俯衝而下，在撞擊地面前一刻張開翅膀，掀起驚人的暴風。同時，岱欽衝向烈赤，將他撲倒在地，烈赤感到有銳利的東西劃過了他的臉頰。同時他的頭撞到地上，幾乎暈了過去，眼前一片模糊，在失去意識之前，他聽見遠方傳來熟悉地劃空聲，他知道一場由鋼鐵澆鑄的雨就要落下了。
烈赤再次張開眼睛時，還以為草原燃燒了起來。他仔細看才發現那是士兵手上的火把，草原不知何時已成了戰場，廝殺聲不絕於耳。烈赤被一隻死馬壓住，馬屍插滿了箭。祈祈可縮在烈赤旁邊，警戒地看著四周，翅膀上滿是鮮血。岱欽倒在旁邊動也不動，背上插了一支箭。烈赤想確認他是否死去了，卻被馬屍壓住，動彈不得。
「岱欽！你跟狼族的狗密謀？」一個巨大人影竟將岱欽從地上抓起。
「放開他。」烈赤虛弱地說。
札納抽出腰間的刀，對烈赤冷笑。刀鋒從岱欽胸前刺出，沾滿鮮血。岱欽睜大雙眼，血不住地從口中噴出。他看著烈赤，眼神堅毅無比，他舉起手，指向了遠方。烈赤看過去，發現札木合正盯著他們，而一旁舉著令旗的似乎是巴特爾。岱欽被札納推到地上，他將刀上的血甩掉走向烈赤。

祈祈可大聲鳴叫，用怪異的姿勢跳到了烈赤前方，顯然受傷了。

「快走開！」烈赤大喊。

「你養的鳥？」札納大笑，揮刀砍向祈祈可。

祈祈可往後一跳，躲過刀鋒，然後張開翅膀撲向札納的臉，鋒利的雙爪立刻沾滿鮮血。札納用手護住臉，另一手持刀亂揮。祈祈可被刀柄擊中，跌落在烈赤旁邊。札納將手放下，右眼卻痛的睜不開。烈赤終於將馬屍推開，輕輕地抱起祈祈可，他才發現札納的臉被抓傷了。他怒吼衝來，烈赤跳開卻被馬屍絆倒，札納大笑，一拳狠狠擊向烈赤的鼻子。烈赤頓時失去意識，直直倒向地上，札納再次大笑，揮刀砍向烈赤。

鏗地一聲，兩把刀子在空中激起明亮的火花，四周滿是馬蹄掀起的煙塵。一把刀子落在了地上，刀柄上有著精細的狼頭雕刻。

「把這叛徒綁起來。」合撒兒大喊。

海日古與數名騎兵隨後趕到，手上的弓皆對準札納。速不台與另一名騎兵跳下馬將烈赤綁起。

「滾開！」札納衝向前。

海日古的箭矢激射而出，但竟只擦過札納的鐵鱗甲，昏暗的光線下，札納的身軀顯得相當模糊，似乎有種霧氣纏繞著他。首先最靠近札納的狼族騎兵被他硬扯下馬，隨手就被割開喉嚨慘死。狼族騎兵趕緊拉開距離射箭，但每支箭碰到鱗甲竟都詭異地滑開了，合撒兒撿起刀子衝向札納，兩把刀子再次相碰激起明亮的火花，但這次合撒兒的刀子竟應聲斷成了兩半，震得合撒兒恍了神。

「他們人來了！」海日古大喊警告。

「快撤！」合撒兒立刻回過神來。

速不台在最後一刻將祈祈可抱起，趕緊駕馬逃走才躲過勃拔喀部的箭雨。祈祈可在他懷裡四處張望，似乎在尋找主人的身影。

合撒兒全軍撤退，他們連換三匹馬，一路不停地衝進王帳裡。報告還未結束，氣氛已相當凝重。

「偷襲？」鐵木真問。

「才剛發現烈赤跟岱欽密會，接著箭雨就來了。」合撒兒說道。

「偷襲的幾乎都是勃拔喀部宿衛，不過幾乎被我們殺光了。」闊闊出說。

「宿衛？」合赤溫陷入了沉思。

「是你聽到烈赤與巴特爾密謀？」鐵木真看向速不台。

「報，是！」

「勃拔喀部宿衛隊長死了？」鐵木真問。

「對，那個岱欽死了，被人一刀刺穿。」闊闊出說。

「合赤溫，把所有探子都派出去，尤其要追蹤和答斤部，泰赤烏部，塔塔兒部的動向，三人一組，每兩天派一人回來。」鐵木真遞出令箭。

「領命！」合赤溫接過令箭。「這件事有蹊蹺，打從盜馬開始就有問題。」

「也就是鷹族出現的時候。」闊闊出沒好氣地說。

「不論如何，我的安達說得沒錯，這場戰爭的第一支箭已經射出去了。合撒兒，把所有千戶都召來，全面備戰。」鐵木真雙眼炯炯有神。

「是！」

「闊闊出，烈赤的鷹還活著吧？」

「受了傷，不知道活不活的了。」

「交給巫醫療傷，如果烈赤不招，就拿鷹威脅他。」鐵木真閉上眼睛。

「是。」闊闊出竊笑。

眾人領命離去，速不台擔心地跑向自己的馬，裹住祈祈可的大皮袋就掛在馬背上。

「小子，慢慢來，把那隻鳥拿來給我。」闊闊出在後面慢慢踱步。

「是。」速不台沒有回頭。

皮袋依舊在馬上沒有動靜，速不台稍稍打開了一點。祈祈可鷹喙微張，卻沒有發出聲音，雙眼直直盯住速不台，銳利的令人心驚。

「祈……」速不台立刻住嘴。「妳可別動，妳受了傷，再不給巫醫看會死的。」速不台輕輕地將皮袋拿起，緩步往回走。

「妳知道烈赤幹了什麼好事嗎？他跟勃拔喀部密謀，五百人先鋒剩不到一百人。」速不台嘆了口氣。「看來他說什麼蟒古斯都是假的吧？」

速不台悶著頭往前走，不斷思考為什麼烈赤要跟岱欽密會，也對勃拔喀部不乘勝追擊感到疑惑。他們大可以追上來呀？更不用說札答蘭部的軍隊就在旁邊！

「拿來。」

「是。」

「哼，了不起的鷹族，被逮住還不是得乖乖任我宰割。」闊闊出伸手接過皮袋。尖銳的鷹鳴響起，闊闊出的手指立刻被祈祈可咬了，口子雖小但頗深，血沒多久就流滿手。

「這隻雜種鳥！」闊闊出咒罵，將手指伸進嘴裡。「你拿著跟來。」

「是！」速不台忍住偷笑。

巫醫的氈帳很好辨認，帳緣上畫滿圖騰的就是，這是速不台第一次造訪乞顏部的巫醫，心裡頗為緊張。闊闊出倒是熟悉地掀開帳門走了進去。

「大汗說的就是這隻鳥。」闊闊出道。

「鷹族人養的鷹？」一名閉眼坐著的老者說道。

「對，可別讓牠死了，死了沒用處。」

「小子，給我看看。」

「妳可別亂動啊。」速不台朝著袋裡輕聲說道。

速不台將皮袋放到薩滿前面，緩緩打開。祈祈可立刻跳出來站直身體，銳利的眼光輪番掃視眾人。當他看到闊闊出時，立刻大聲鳴叫，拍翅威嚇，氈帳內的東西被刮的飛騰了起來，場面一片混亂。

「你，離開。」巫醫指著闊闊出。

「這鳥……」闊闊出還想再講，但祈祈可不斷朝他拍翅鳴叫，逼得他不得不馬上離開。闊闊出一走，祈祈可立刻靜了下來，收起翅膀，歪頭看向薩滿與速不台。

「你知道他名子？」薩滿問道。

「知道。」

「你來，將他翅膀打開，可能骨頭斷了。」

「是。」

速不台將手伸向祈祈可，動作相當緩慢，但祈祈可依舊躲開，速度比剛剛還要慢。烈赤注意到地上又出現血跡，顯然祈祈可的傷口又裂開了。

「牠下腹也受傷了，將她壓制住，再拖下去會死。」

速不台加快速度，祈祈可顯然累了，幾乎跳不起來。最後速不台終於碰到了祈祈可的翅膀，幾乎是同時手背就被咬住了。速不台痛得倒抽一口氣，但依舊不放手，緩緩地將祈祈可壓倒，拉開她的翅膀。巫醫立刻靠前開始撫摸羽骨並檢查祈祈可腹部的傷口。祈祈可依舊咬著速不台的手不放，血汩汩地流出。

「羽骨沒斷，腹部的傷口可就深了。再撐點，我上藥，每天都得換。」巫醫道。

「是。」

等到巫醫上好藥，速不台也幾乎快昏倒了。他將手放鬆，祈祈可立刻鬆嘴站起來，跳到了氈帳邊緣。速不台仔細看傷口，不禁感到一陣暈眩，手幾乎快被咬穿了。

「她只是害怕。來吧，我幫你包好，明天再來幫她換藥。」

速不台伸出手，只希望祈祈可趕快好起來，卻又擔心會成為逼迫烈赤的工具，這害他頭痛得不得不閉上了眼。

天氣越來越冷，寒風不但更加強勁，更能吹進人的骨子裡。許多天過去了，狼族的營盤比起以前又大了不少，四散在草原的各部族紛紛被召回備戰，鐵匠們連夜趕製箭簇。許多樹木倒下，在木匠的手下成為一個個盾牌。糧食是一大問題，被獵空的黑林空蕩蕩的，連隻足鼠也沒有。狼族被迫向更遠的地方狩獵，趁冬天來臨之前盡可能囤積食物。勃拔喀部與札達蘭部則消失了，合撒兒遇襲當天，鐵木真就派了探子偵查，卻只發現倉皇撤走的痕跡，甚至連戰死的屍體也沒有清理。合撒兒一聽到消息，不顧合赤溫的警告，立刻帶人趕了回去。族人們的屍體被妥善的安葬了，但勃拔喀部的士兵屍體則無人理會，放任腐爛。合赤溫也親自到了戰場，對著整片勃拔喀部宿衛隊的屍體皺眉深思。

速不台正式成了十夫長，每天都與海日古操練。被夜襲的恥辱影響了海日古，所有百戶中，他們的訓練是最嚴苛的。但速不台樂在其中，他只要想到傳聞中札木合集結的三萬大軍，就深怕會讓自己的十戶送死，只有操練到筋疲力竭才能讓他安穩地睡著。

自從遇襲那夜起，速不台再也沒看過烈赤。偶爾從闊闊出的大聲談論中，隱約聽出烈赤至今一句話也沒說，說是那隻鷹沒恢復前絕不開口。因此速不台天天去巫醫的氈帳，祈祈可恢復的狀況不錯，每天都想飛走，害速不台前陣子冒著被咬斷手指的風險，將一條皮繩綁在了祈祈可的腳上。令烈赤感到欣慰的是，現在重新上藥時，祈祈可已經不怎麼咬他了，今天則是連動都沒動，任由烈赤將她翅膀打開。

「鷹的信任時屬難得，尤其是金雕。」巫醫說道。

「我不覺得她信任我，她只是懶得咬我。」速不台還沒笑完，立刻就被啄了一下。

「永遠不要拿信任當笑柄。」

「是。」速不台羞愧地低頭。

「差不多了。」

「是。」速不台放開手，起身要走。

「等著。」薩滿看著祈祈可跳起，跑到氈帳角落。

速不台疑惑地停住腳步，正要發問，帳門被打開了。合撒兒與闊闊出走進來。

「小子，帶著鳥走。」闊闊出尖聲命令。

速不台愣了好幾個心跳才動作，他走向祈祈可伸出手。祈祈可發出響亮的鳴叫聲，震得速不台的耳朵發麻。祈祈可跳開，歪頭看著速不台的手，突然張開翅膀一振，跳上了速不台的手臂。銳利的鷹爪緊緊箝住速不台，相當疼痛但速不台不在意，他不敢相信祈祈可願意停留在他手上。他壓住狂喜，鎮靜地將鷹拌繩捲好握在手裡。

「這鷹族養的鳥不會認主人的啊，哈。」闊闊出賊笑。

「跟來。」合撒兒下令。

三人在黑夜中行走，穿過了大大小小的氈帳，走了好一段時間才走到營盤邊緣。現在乞顏部集結的軍隊已經超過兩萬人了，營盤大的難已想像，秩序凌亂不堪，部族間的挑釁更是稀疏平常。屎尿味竄入速不台的鼻子，原來他們已經到了這區的糞坑旁了。在這光禿禿的地面上，有根粗木插在地上，有一人被綁在上面動彈不得。祈祈可大叫，張開了翅膀想飛過去，卻被速不台的鷹拌繩緊緊綁住。祈祈可摔落地面，但立刻往前跳去。速不台還想放長繩子，但一旁的合撒兒制住他，祈祈可被繩子拉住，又再次摔倒。最後祈祈可停下來，靜靜地的看著烈赤。

「你的鷹死不了，這你欠狼族的，開口吧。」合撒兒冷冷說道。

烈赤抬頭看到祈祈可，滿是汙垢的臉龐露出了微笑。

「為什麼跟勃拔喀部密會？也跟他們講蟒古斯的笑話？」闊闊出問道。

「那一夜只有不到一百人回來，為了把你抓回來，又死了至少七個人，說話！」合撒兒喊道。

「你們替她治療，這我永遠欠狼族。」烈赤顫抖地低頭。「現在，戰爭要開始了，蟒古斯不死，你們沒有勝算。」

闊闊出衝過去，一腳踢向烈赤。一旁的祈祈可大力拍翅想撲過去，卻被鷹拌繩扯了回來。闊闊出又是一腳，烈赤哼也不哼，只是無力地垂頭喘氣。

「現在勃拔喀部替札木合出兵，全是那晚出了差錯。你到底跟岱欽圖謀什麼？」合撒兒道。

「那晚該來的是個朋友，不是岱欽。」烈赤吐了口血。

「朋友？」

「一個拔拔喀部的戰俘，不值得誰注意。巴特爾承諾要放了他。」烈赤看了一眼速不台。

「你在外面聽不到。」

速不台吃了一驚，他知道我跟著他？

「岱欽怎麼死的？」

「札納殺的。」烈赤咬牙。「就是岱欽旁邊那名高壯的戰士。」

「叛變？」

「或許。」

「岱欽說了什麼？」

烈赤閉上眼，皺緊了眉頭痛苦回想。「沒什麼重要。」

「屁話！你說蟒古斯死前，千萬不能開戰。但因為你，札木合號召了整整三萬大軍攻向我們。你說你沒密謀什麼？」闊闊出指著烈赤大喊。「騙子！」

「勃拔喀部倒向札木合，狼族也失去先攻的機會。如果真的有蟒古斯，恐怕你也是其中一顆頭了。」合撒兒冷冷說道。「我該不該幫你們鷹族斬下你的頭呢？」

「放我走，我會去斬下該斬的頭。」烈赤直直看向合撒兒。

「如果你是指札木合，我們組建了一批精銳鐵騎，目標就是直接取下他的頭。」

「你們沒有勝算的。」

「屁話！對方有三萬人，他沒死怎樣都沒勝算！」闊闊出尖聲喊道。「把那隻鳥拿來。」闊闊出拔刀。

「狼族不與這種人一般見識。」合撒兒想了一會兒，伸手止住闊闊出。

「你若對死去的狼族有所愧疚，最好快點開口。」合撒兒轉頭離去。

「這鳥人……」闊闊出低聲咒罵。

速不台看了烈赤一眼，握緊鷹拌繩強迫祈祈可跟他走。祈祈可不斷鳴叫，直直地看著烈赤，但烈赤低著頭，任由陰影覆蓋住他的臉。

速不台獨自一人走向薩滿的氈帳，不斷思考合撒兒提到的精銳鐵騎。不論札木合是不是就是蟒古斯，敵營的首領就是他，殺死他似乎是唯一的方法，否則就算撤退，有哪裡守得住三萬大軍的攻擊呢？祈祈可反常地站在速不台的手臂上，沒有像平常一樣拍翅或去咬腳上的繩結。她警戒地掃視天空，瞳孔忽大忽小，似乎在尋找什麼。烈赤沒有發覺，逕自掀開了薩滿的帳們。氈帳內相當溫暖，速不台感受到祈祈可雙爪力道加深，下一瞬祈祈可就飛離速不台的手臂，落在氈帳深處。

「妳呀，得感謝合撒兒，不然可要被抓去烤了。」速不台將鷹拌繩綁在木柱上。

祈祈可歪頭看他，似乎在思考速不台的話。速不台微笑，掀開了帳門離去。就在這時，強勁的風襲來，他下意識地伸手遮住臉部。一個模糊的白色物體飛掠過他眼前，消失在黑夜中。速不台驚得幾乎站不穩，連忙揉眼細看，卻什麼也看不到了。他將帳門重新關好，裹緊了皮襖快步離去。

王帳裡的地圖上擺滿了象徵兩軍的木雕，一些旗子凌亂地放在一旁，顯然經過了多次推演。

「不論他跟誰密謀，大局已定。探子回報札木合將他的三萬大軍分成十三個部隊，傳冬天一過就開拔攻來。」合赤溫道。

「難道就這樣放過烈赤？」闊闊出反問。

「這局勢，有沒有他都是差不多，這場仗早晚得打。」和赤溫道。

「合赤溫說得不錯，這仗就算人數再怎麼懸殊，也非打不可。」合撒兒說道。

「我們人數不到三萬，如何是對手？」闊闊出問道。

王帳內的親王議論紛紛，每個人臉上滿是憂慮。合撒兒看到軍心遭受打擊很是心慌，卻也想不出任何辦法來。草原上的戰鬥可以靠戰技，武裝來增加勝算，但最重要的終究是人數。一個士兵再怎麼強勁，一場戰爭下來，殺上十多個人也就筋疲力竭了，更不用說札木合有整整三萬大軍。

「札木合主攻，表示戰場由我來選。這是我安達的讓步，如果我輸了，就是長生天要他來當草原的大汗。」鐵木真的金色狼眸盯著地圖不放。

眾親王安靜了下來，每個人眼睛看著大汗。

「但這場仗，能贏！」鐵木真掃視眾人。「合赤溫，派探子出去。將今年的落雪狀況回報回來。」

「是！」合赤溫喊道。

「我安達等不到春天，三萬張嘴一片草原可養不起，沒有一個缺糧又受風雪的部族能為一名大汗效忠，他必定是一邊集結一邊野獵，冬天就會攻來。」

眾親王又開始交頭接耳地說話，但語氣顯然有自信的多。合撒兒敬佩地看著哥哥，不免感到驕傲。

「我安達逼我打這場仗，卻也將他自己逼上絕路。這場仗比的不是人數，是耐心。所以我說，能贏！」

王帳內爆出一片喝采，許多部族的代表總算放下了心中大石，眼神也不再充滿猜疑。但有別於眾人，合赤溫的雙眉卻是緊緊皺在一起。

鏗！帳外突然傳來刀鋒互碰之聲，合撒兒首先聽到，衝出了帳外查看，只見前方一名狼族宿衛正與另一名上身赤裸的士兵對招。那名士兵在嚴寒下揮刀，火光照耀下的形體竟顯模糊，彷彿渾身蒸騰著黑色的霧氣。狼族宿衛非尋常士兵，刀刀凌厲地砍向敵兵，但對方卻以毫釐之差閃避而過。黑色霧氣被刀鋒掠過後散去，卻又彷彿有生命地往敵兵身上靠攏。敵兵大笑一聲，身上黑色霧氣盡散，同時以非人的速度砍向對手。狼族護衛格擋不及，眼睜睜地看刀鋒逼近，合撒兒衝向前方，及時橫刀架住攻擊，虎口卻被震得發麻。

黑霧壟罩的無名士兵不給合撒兒喘息的空間，舉刀又砍向合撒兒。雙刀再次互碰，激得火花四散，這次合撒兒竟被逼退半步，狼族宿衛攻向敵兵，迫使敵兵向後跳開。敵兵著地的瞬間，胸口立刻被一支箭矢貫穿，他惡狠狠地瞪向王帳，向前走一步後終於不支倒地，刀子摔落一旁。合赤溫手上的弓弦還在震動著，他又搭上一支箭，拉滿弓慢慢朝敵兵走近。

「報上名來。」合撒兒刀指敵兵，仔細觀察對方。

敵兵手緊抓住胸口的箭大力喘氣，沒有任何回應。一旁的狼族宿衛見狀，舉刀走向前去。就在那瞬間，無名士兵大吼一聲跳向前去，合撒兒才想阻止，卻太遲了。敵兵拔出身上的箭矢直直刺進了宿衛的胸口，接著便倒在了地上動也不動，身上蒸騰的黑霧也隨之散去。

合撒兒終於看清了無名士兵的樣貌，在黑霧之下的身體竟瘦弱無比，就連震痛合撒兒虎口的刀子也滿佈鏽痕與缺口。合赤溫走到了合撒兒旁，慢慢鬆開拉滿的弓弦。

「我避開了他的要害，但他死得太快，有問題。」合赤溫面色凝重。

「不會只有一人。」合撒兒大聲下令。「吹號，大營遇襲。」

收到命令的士兵立刻取出號角，但遠方號角聲已然響起，營盤內不知何時竄出了濃濃黑煙。

速不台被號角聲吵醒，他拿起長刀衝出氈帳。不少士兵才剛走出來，慌張地東張西望。

「照操練的集合，快去。」速不台大喊。

速不台一邊跑向草場一邊大聲下令。遠方升起的濃煙令他感到不安，難道札木合進攻了？他繼續引導士兵集合一邊觀察，一道黑煙又從另一邊竄起。他過了好一會兒才想起那是烈赤被俘的位置。

「照操練的做，快去。」速不台對著人群喊了最後一次，然後往濃煙衝去。

速不台一路上又聽見了好幾次號角，但卻連一個敵兵也沒看見，心中不免鬆了口氣。但隨著他越靠近烈赤的位置，他心跳也越來越快。前方就是烈赤被綁住的空地了，他躲在一個氈帳後拔出刀子，深吸一口氣後衝出去。前方一個氈帳被燒得不成樣子，黑煙不斷竄出，而綁住烈赤的木幹空蕩蕩的，粗繩掛在上面搖晃。五名狼族護衛的屍體倒在地上，遍布刀傷，再過去是另外兩具裸著上身的屍體，身材枯瘦，雙眼的位置空洞洞的，眼珠竟不知被何物剜出。

速不台果斷地後方跑去，號角聲再次傳來，但他沒有理會，因為前方濃煙不斷，看方向就是巫醫的氈帳。他跑一會兒就看到巫醫的氈帳幾乎快燒掉一半了，有個白色影子在氈帳頂部若隱若現，他沒有時間細看，掀開帳門便衝進去。裡面火光相當明亮，但放眼望去卻沒有祈祈可的影子。速不台找到了鷹拌繩，拉到繩尾才發現繩結早就斷開了。他放下心中的大石，至少祈祈可逃走了。

速不台受不了嗆人的濃煙，一邊咳嗽一邊衝到外面，氈帳頂部有個白影吸引了他的注意，他仔細一看發現那竟是一隻全身雪白的鷹，在火焰中瞪著他，目光相當懾人。速不台將黑煙拍散想看清楚點，但那隻鷹張開了翅膀騰空而起，往夜空中飛去。速不台感到相當詫異，牠就是那隻無名的鷹？遠方號角聲提醒他必須立刻向合撒兒報告。速不台跑了幾步，忍不住回頭觀望，發現白色的鷹竟停在較遠的氈帳上，雙眼依舊看著他。速不台停下來，最後他想到什麼似地追過去。鷹再次飛起，停在更遠的地方，速不台不知不覺間走出了營盤，再過去便是放牧的草場。白鷹越飛越遠，他隨意上了一匹馬，捉緊馬鬃朝鷹的方向奔馳而去。

少了營盤的火光，四周陷入黑暗，但雪白的鷹在微弱的夜光下仍舊頗為顯眼。速不台專心地追蹤，但一個黑影自上方掠過他，衝向前方。速不台瞇眼望去，隱約可以看見遠方有人騎馬前行，而黑影落在了那人手上。

「烈赤！」速不台雙膝用力夾緊馬腹。

速不台拚命催促坐騎，卻始終無法追上烈赤。白鷹不知何時消失了，現在速不台眼前可說是一片漆黑，只能靠微弱的月光尋找烈赤的身影。不知道追了多久，速不台捉緊馬鬃的手滿是汗水，緊靠馬背的身體痠疼不已。他再次抬頭捕捉烈赤的身影，發現距離竟拉近了不少。他用力頂了馬腹，但馬兒的步伐卻變得遲緩，過沒多久他就發現地面變的潮濕軟爛，影響馬兒行進他抬頭髮現遙遠的前方出現了一道晦暗不清的林線。

追到哲裂谷來了？合撒兒提到的獵場襲上心頭，而周遭變得相當稀疏的牧草更加證實了他的想法。這可是好長一段距離了，回營時可能會被海日古重罰，但他依舊希望能攔下烈赤，親口問他一些問題。

「烈赤！」速不台大喊。

一聲鷹鳴隨傳來，彷彿在回應速不台，接著他發現烈赤停了下來，速不台催促坐騎，終於追上了他。

「你到底在密謀什麼？」速不台大聲問。

「知道這是哪裡嗎？」烈赤聲音頗為沙啞。

「哲裂谷？」

「裡面不算太大，但她看過了。」烈赤向祈祈可點頭。「跟鐵木真說，能供軍隊進出就只有谷口，易守難攻。」

「你要大汗來這邊守？只有懦夫才會這麼做，再說大汗怎麼可能會聽我的話？」

「我不是為了他才說這些，是因為你照顧她，現在睡吧。」」烈赤突然將手舉高。

祈祈可順勢撲向速不台，逼得他伸手遮住頭部。烈赤同時跳下馬衝向速不台，用手勾住他的腰將他甩下馬，同時一拳擊向他的太陽穴。速不台登時失去意識，烈赤倒在地上不停喘氣，祈祈可跳過來用喙輕啄他的臉。烈赤過了好一陣子才爬起來，蹣跚地走向馬兒，用僅存的力氣上馬，慢慢往前踱去，祈祈可跳到他的肩膀上，一人一鷹消失在了黑暗中。

「總共才二十人？」合撒兒詫異地望著地上並排的屍體。

「沒錯。」海日古壓住右手臂上的傷口。「看不出是哪個部族的，每個人都瘦得跟足鼠一樣，但刀子揮起來……根本不像人。」

「我們犧牲多少人？」合赤溫問道。

「至少一百人。」

「被燒掉的東西呢？」

「普通的氈帳二、三十個，三座兵器庫被毀，但箭簇都還能用。」

合撒兒點頭。「你說那兩具沒了眼珠的屍體是在烈赤那發現的吧？」

「是。烈赤人也不見了，只可惜我沒能殺了他，替那晚的兄弟報仇。」

「派人去薩滿的氈帳，看他的鷹還在不在。」

「不用了，氈帳被燒了，沒飛走也燒死了。」合赤溫走近。「查出是哪個部族了嗎？」

「看不出來，沒人看過這些人。他們就像是……憑空出現。」海日古搖頭。「瘦成這樣，根本就快餓死了，不可能可以這樣揮刀。還有那些黑霧……」

「海日古，你殺的是哪一人？」合赤溫道。

「這個。」海日古踢了踢其中一名屍體，胸口有個深的可怕的刀傷。

「哪邊殺的？」

「就在那兒。」

合赤溫走過去，蹲下來仔細觀察地面。

「怎麼了嗎？」海日古問道。

「當時只有你跟他對打？」

「對。」

合赤溫摸著地上的腳印思考著什麼。

「偷襲後還有人看到烈赤嗎？」合赤溫問道。

「目前還沒人回報。」

「你覺得他們是來救烈赤的？」合撒兒問道。

「那傷口不是用刀挖的。」合赤溫伸手指向沒了眼珠的屍體。「很可能是鷹啄掉的。」

「如果是這樣，他們是要殺了烈赤？」

「我不知道，但這些士兵確實有問題。」

「怎麼說？」

「這是海日古的腳印。」合赤溫依舊蹲在地上，指著海日古的腳。「這是他殺的敵兵腳印。」

海日古好奇地將火把伸向地面觀察，然後似乎難以理解眼前所見，他退後一步看看自己的腳印，又看看地面。

「他們瘦成這副德行，怎麼會？」海日古問。

合撒兒此時也看到了，眉頭緊緊皺起來。海日古已是狼族數一數二的壯漢，但地上雜亂的腳印竟有許多比海日古還深。

「向大汗回報吧。這種以一擋十的士兵如果數量多了，戰爭或許會向烈赤說的一樣。」

合撒兒與合赤溫進王帳時，被號角聲驚醒的部族長老正在與親王激烈地討論著，而鐵木真坐在中間看著眾人。

「隨便幾十個人就砍倒我們數百人，這是札木合給我們的下馬威。我說最好談和。」一名主兒勤部的長老說道。

「是啊！草原這麼大，地盤可有得分，沒必要開戰。」另一名長老附和。

「狗屁，如果投降，札木合第一個把老人給宰了少幾張嘴。」闊闊出喊道。

「你看過那些士兵了嗎？那真是蟒古斯啊，渾身都是黑霧，一刀就搶走一條命，你怎麼能打得贏呢？」

「那札木合肯定就是蟒古斯啊，不然怎麼能聚集三萬人來血洗草原？」

「就算是蟒古斯，也被殺光了。」合撒兒走了進來。「偷襲本有優勢，但從現在起，三倍巡哨、三倍護衛，他們不會再有這種機會。」

「你們也看到了，各部族大軍如此快就動員完畢，現在全都在外面等著，大汗一下令就能反擊，你甘願這些人去當札木合的狗？」合赤溫問道。

「但要死多少人才……」長老道。

「沒有不死人的戰爭。」鐵木真開口，王帳瞬間安靜了下來。「不想打的現在就離去，但當我稱霸草原時，我會親手將你們部族搶過來。」

鐵木真無情的金色雙瞳掃視眾人。

「我跟我兄弟用刀箭打贏了大大小小的鬥爭，每一把裂刃的刀和斷弓都壯大了狼族。每一場鬥爭砍出第一刀的是我，射出第一支箭的是我，放出第一滴血的也是我。這場決定草原命運的戰爭，第一個拔刀的也會是我。」鐵木真吼道。

眾人被鐵木真的話語威懾住，好幾個心跳內沒有人發出聲音，不知道是哪位開始的，各親王開始歡呼大叫。

「探子已經回報。」鐵木真待眾人冷靜下來後再次開口。「札木合集結了三萬大軍分十三個部隊攻來，我軍隨時得出兵應戰，願意跟我揮刀的人留下，其他部族兩天內離開。」

鐵木真手一揮，各親王與長老們魚貫離開了王帳，有人興奮有人憂慮。太陽從東方升起，微弱的陽光透過帳門閃進王帳裡，鐵木真若有所思地望著光芒思考。

「如何？」鐵木真發問。

「偷襲的士兵有某種古怪，可以以一擋十。我們大軍贏不了這種士兵。」合赤溫道。

「看來這場戰爭中，我們唯一的盟友就是冬天了。」鐵木真仔細凝視桌上的地圖。

「斡嫩河以北？離河岸不遠就有一片樹林，有獵物有遮掩，他們騎兵也衝不進來，可以長期待著。」」合赤溫問。

「但他們若渡河到林後呢？一被夾擊就毫無勝算了。」合撒兒道。

「阿剌兀山下呢？」

「札木合不到十天就能到黑林邊，到阿剌兀山至少要五天，三天在這整裝，一天選點駐紮，趕不上。」合赤溫在地圖上比畫著。

「哲裂谷呢？那裡沒全面探勘過，但不遠又是很好的獵場，整座谷開口也不大。」

「要花時間探勘，如果其他地方有開口，終究有風險。」合赤溫道。

「要不在札木合行軍路線中埋伏？」闊闊出道卻被打斷。

「報！」一名大汗宿衛走了進來。「百夫長海日古在外求見。」

合撒兒點頭，宿衛立刻掀開帳門，海日古就在門後，速不台在他旁邊滿身是汗地喘氣。

「報，我的人差點逮到烈赤。」海日古道。

「烈赤呢？」合撒兒問。

「報，我一路追他到哲裂谷前，他停下來說話，接著我、我就被他擊昏了。」

「他說什麼？」鐵木真道。

「他說祈……，他的鷹看過哲裂谷了，裡面夠我們守備，能供軍隊進出地方也只有谷口。」

帳外傳來急奔的馬蹄聲，越來越靠近王帳。

「讓！」外頭的宿衛大喊。

一名輕裝的探子舉高手上的令箭衝進來，全身冒汗散發一股臭氣，顯然已許久未曾休息過了。他幾度想開口卻無法吐出一字半句，鐵木真走向他，遞了一袋溫馬奶給他。他惶恐地吞下幾口馬奶，卻嗆得從口鼻冒了出來，噴濺到鐵木真身上。

「這小子幹……」闊闊出張口正要罵，卻被鐵木真伸手制止。

「慢慢來。」鐵木真輕拍探子的肩膀。

「報、報。」探子總算緩過氣來。「勃拔喀部軍隊四天前拔營，阿剌兀山以東，斡嫩河以南。我判斷是朝我們進逼，人數至少……超過四千。」

「只有士兵？」合赤溫問。

「報，全都士兵……」探子翻了白眼，長長吐了口氣後昏迷不醒。

「送下去休養。」鐵木真手指輕觸探子脖子。「合撒兒，這次他不用出戰。合赤溫，醒來後他可領三頭牛，十頭羊當犒賞。」

兩人點頭應答，鐵木真走回地圖前，拿出一根紅色的木籤子插在阿剌兀山的東邊，凝視了好一會兒。然後他拿出那個烏黑光亮的扳指，放在哲裂谷的記號上。

「下令，全營整備，兩天後遷往哲裂谷。合赤溫，先派探子探勘出口，再派圍獵隊去囤積食物。」鐵木真目光炯炯。「合撒兒，派兵去將谷前牧草全割了，割不完的燒光。」

「是。」兩人異口同聲回答。

「哪個部族一說要離開，馬上跟我回報。」鐵木真手揮了一下，轉身往王帳裡走去。

速不台看著鐵木真的背影，突然覺得他似乎老了幾分。離開前他注意到地圖上扳指的反光，暗自希望烈赤說的是對的。

合赤溫與合撒兒繞著哲裂谷的邊緣巡查，一路無話。哲裂谷裡的樹林頗為茂密，山石之間甚至有泉水流出，確實是易守難攻的好地點。而谷前的草原植被稀疏地形平坦，說是戰場也不算太差，但土地過於潮濕，不利狼族鐵騎衝鋒，合撒兒若有所思地看著馬蹄下翻飛的泥土。

「如果這場戰爭比的是耐心，那麼箭矢會是關鍵。」合赤溫道。

「但如果札木合是敵軍結盟的原因，那麼我的鐵騎可以衝鋒斬首。」

「那老狐狸不一定會現身。」

「泰赤烏部跟合答斤部結的死仇誰都知道，那老狐狸號召他們聯合進攻，若不上前線肯定服不了人。」

「但三萬人的軍隊，你一千鐵騎要如何找到人？」

「那老狐狸自從稱汗後，不曾再聽過有帶刀衝鋒的戰役。這場戰爭，札答蘭部八成是最晚進攻的一翼，他肯定就躲在那兒。」

合赤溫沉默了好一會兒。「你也這麼覺得嗎？」

合撒兒點頭。「狼族棄攻改守，人心就已輸了一半。就算現在沒有部族說要離開，但戰爭一拖長，什麼都很難說。」

兩人再次陷入沉默，繞著哲裂谷邊緣並騎而去。一路上植被與林地都與探子回報的差不多，確實沒有可供軍隊進攻的缺口，這也給了兩人一點信心。

「勃拔喀部已經駐紮好了，人數確實超過四千人。」合赤溫道。

「札木合應該也快到了吧？」

「估計再四天。」

「勃拔喀部雖人數眾多，但少了岱欽，不足為懼。」

「我到現在還是想不透，為何那晚夜襲的都是勃拔喀部的宿衛？」合赤溫用嘴唇咬著手指。

「他們派宿衛精銳來換狼族百戶的命，不划算。」

「戰爭就是交易，肯定有得利的一方。」

「對札木合來說，的確划算。死的是別人的宿衛，換到的是數千人為他所用。」

「巴特爾太年輕了，幾乎跟烈赤差不多吧？」

「三哥，我一直不願思考烈赤說的……變因，但那天看到的士兵，那些黑霧……」

「那些士兵終究也死在狼族刀下了，不論烈赤真正意圖是什麼，札木合都非死不可。」

「三哥，有把握回得來嗎？」

「我這人只會砍砍殺殺，而狼族每個人都會砍砍殺殺。狼族少我一個不少。」合撒兒用力拍了合赤溫的肩膀，然後甩了馬鞭向前衝去。「但弟弟你不一樣，你有腦袋。」合撒兒喊道。

合赤溫看著哥哥的背影，不自覺握緊了手中轠繩。

「繼續？」海日古大喊，手持著弓向前奔馳

「繼續。」速不台大喊，跟在海日古後頭。

經過一整天的操練與整備，太陽已經幾乎落下。速不台拖著痠痛的身體，仔細觀察地面。最後終於在燒盡的泥地上找到了海日古射出的箭矢。速不台跳下馬，將箭矢拔起遞給海日古，然後伸手取出一根綁在馬側的細長樹枝，用力插進地面，綁在上面的紅繩隨風舞動。他再次上馬時，海日古已經朝著夕陽又射出一支箭矢。

「這樣看來，只有第一波攻勢才用得到了。」海日古說道。「但現在每支箭都不能浪費。」

「是！」速不台跟著海日古前進。

「狼族不曾放棄過先攻的戰術，也不曾用過這種守備技巧，是你們兀良哈部的戰術？」

「有類似的作法。」速不台撒了謊，這是他跟烈赤學來測量敵箭射程的方法，可以在最精準的時間射箭，最晚的時間後撤。

「就像是陷阱，不錯。」

他們又停下了兩三次，此時太陽已完全落下，兩人也朝著火光點點的營盤騎去。

「這樣太慢了，明天我派幾個十戶來。」海日古道。

「報，我自願帶我的十戶幫忙。」

「怎麼，放不下心？」

「如果明天逆風的話，我得跟他們說走幾步才行，不然這標記會反過來害死我們。」

海日古點頭，加快了速度。「這場戰爭，你怎麼看？」

「報，就我聽到的，札木合的十三翼超過三萬人，人數遠超過我們，但好在他們軍心不夠團結。」

「看看主兒勤部，我們也一樣。這場戰爭有超過三十個部族加入，但其實只有兩個人在角力。其他部族沒有軍心也沒有忠誠，誰贏面大就倒向誰。」

「報，我……能發問？」

「問吧。」

「所以您和合撒兒每天都操練鐵騎就是為了……」

「對，哪怕這場戰爭狼族不先攻，哪怕這裡土地不適合衝鋒，我也要替大汗斬下那顆頭。」

海日古大笑。「狼族鐵騎可是很久沒有拔刀奔馳了。」

出身兀良哈部的速不台不能理解海日古對鐵木真的忠誠，但卻有一種想跟著他奔馳的衝動，恨只恨自己不在合撒兒的鐵騎之列。

之後每天操練結束後，速不台便帶著人在整個戰場上標記。他小心地將樹枝的距離拉的非常遠，以免被札木合發現他的目的。離上次與海日古的談話已經三天了，期間他不曾再與海日古或合撒兒說過話。但總能在操練時，遠遠地看到鐵騎奔馳過戰場。

速不台聽說今晚大汗召集了共計二十四名千戶長與所有親王，加上今早速不台看到遠方揚起的煙塵，他隱約知道戰爭就要開始了。他看著他的十戶忙著將旗標插進土裡，就感到相當緊張。我會帶他們去死嗎？速不台握緊了雙手。

「十戶長，就剩三枝樹枝了。」寶日問道，這名新兵相當年輕，身材也瘦弱，但眼睛卻相當有神。

「走，弄完就回去休息了。」速不台道。

「十戶長，你說這樹枝真的有用嗎？」

「沒多少用，但還是得做。」

「十戶長，如果多插上幾根就有用，那我晚上不睡來用？」

「多了容易被發現，反倒沒用了。」速不台不禁感到好笑。

寶日若有所思的點頭。

「幾歲了？」速不台問。

「十……，報，十三了。」寶日結巴答道。「如果我們輸了，不只我被死，我媽跟姊姊都會被搶走，然後吃掉，對嗎？」

「不想的話，刀子拿穩一點，就像操練的一樣。」

「但我根本沒殺過人，上戰場該怎麼辦？早上那邊的煙霧就是他們，對不對？」

「你猜我殺過幾個人？」

「十個？」

「我沒殺過人，跟你一樣。」

「但你怎麼看起來都不怕？」

「因為有百戶長在，我是他的手，你是他的指頭。只要我們聽從命令，他就能拿起刀斬殺敵人。」

「所以我聽你的命令，也就能活下去？」

「就是這樣。」

「這樣子我就做得到。」寶日抽起最後一根樹枝，笨拙地往落箭地騎去。

速不台心情感到更加沉重了，他難以想像率領千戶的合撒兒是如何取得士兵們的信任的，尤其是願意與他衝向札木合的鐵騎們。他開始後悔記起他每個十戶的臉和過去了，否則他們死後自己可以快點忘掉他們。瞬間他的臉就火辣辣地燒起來，他為這個想法感到羞愧，但卻無法停止這樣想。他的十戶一個接一個回到他的身邊，他一邊迴避他們的視線，一邊深呼吸。

「回營！」他大喊，暗自希望夜色能遮掩他漲紅的臉。

為了戰爭所需，王帳一遷入哲裂谷就與數個氈帳連接在一起，裡面燃起了六盆火堆，相當明亮溫暖，一張大地圖放置在中央，周遭站的是千戶長與親王們，而鐵木真就站在地圖正前方。帳內寂靜無聲，只有火盆偶爾爆出的火星能擾亂這難得的寧靜。

「明天，我將與各位一同衝鋒。」鐵木真終於打破了沉默。「誰能活下來，誰就能永遠與我分享食鹽、馬奶、肉與鮮血。若有人蒙受到長生天的徵召，那麼他的妻子與子孫就能與我分享食鹽、馬奶、肉與鮮血。」

眾千戶長與親王大聲應答，然後氈帳再次回歸寂靜。鐵木真環視眾人，雙目炯炯有神，最後他朝合赤溫點了頭。合赤溫會意，走了出來。

「札木合的軍隊據報有三萬兩千人，兵分十三路進攻。今日他們全數到齊，駐紮在這裡。」合赤溫拿一根箭矢指著地圖上的一顆石頭。「明日全軍進攻叫陣，不給他們休息的機會。」

「隊陣有變化嗎？」一名千戶長詢問。

「跟操練的一樣，所有千戶劃分成十三個營應戰。」合赤溫將箭頭指向哲裂谷前方的一條線上。「戰線絕對不能超過這裡，就算有機會也不能推進，否則札木合一定會派兵衝過縫隙攻進哲裂谷中。」

「哲裂谷裡真的不派兵駐守？」一名親王問道。

「他們自己就是駐兵，我已經派人將武器給了所有女人與老人，就連我的妻子也會拿起刀弓禦敵。」鐵木真慢慢說道。「只要陣線穩住，他們沒有機會攻進哲裂谷。」

氈帳內的人都是久經沙場的老將，每個人都知道這個命令是什麼意思，沒有人說破，也沒有人反駁。如果他們殺敵不夠勇猛，那麼他們的妻女將受到敵兵的摧殘凌辱。氈帳裡沒有人有打過規模如此巨大，能夠決定草原命運的戰爭，這場戰前會議在相當沉默的狀況下結束。有別於以往各千戶長興奮地猜測戰利品的多寡，每個人都是急著回到哲裂谷裡的妻女旁，希望能安享戰前最後一晚。合撒兒與合赤溫照慣例留在氈帳裡，但王帳裡寂靜依舊。鐵木真站了起來，雙手拍向兩位弟弟的肩膀。

「我聽花剌子模商人說過，西方有比草原還大的沙地。連根草都沒有，放眼望去全是沙。」鐵木真指向地圖邊緣。「我聽就不對了，怎麼可能有這種地方，我們的馬該怎麼活？當下就把他打發掉了。」

合赤溫與合撒兒一聽來了興趣，王帳內似乎也活絡了一點。

「後來，我遇到了一名斡羅思人，他跟我吹噓了不少東西。我可不想講輸他，所以就跟他說了。『你可曾知道西方有片沙地，比這裡所有的草原都還大』。」

「斡羅思人怎麼說？」合撒兒耐不住性子。

「他說那叫沙漠，而且不算什麼。接著跟我說東方有座湖，大到見不著邊，比天還要大。」鐵木真道。

「我聽過，那叫成吉思（蒙古語的海洋或天之意）。」合赤溫笑了。

「有一天，我狼族鐵蹄將踏遍那片沙地，那座湖泊。所經之處，有人反抗，我刀將落下，有人逃亡，我箭將追上。」鐵木真將左右手放在地圖的東西方。「明天起我就是成吉思汗。」

天空依舊是灰雲滿佈，焚燒過後的草原瀰漫著刺鼻焦味，冷冽的寒風無情地拂過眾人，帶走僅存的溫度。之前眾人口耳相傳的三萬大軍給人極大的威嚇，但隨著時間過去，人們似乎已經習慣了這個數字。然而當速不台親眼看見這片黑壓壓的軍隊十，他幾乎說不出話來。剛看到時，他還以為敵軍已經衝殺過來，地面因而隨之震動，後來才發現是自己的腿在發抖。他雙腿夾緊馬肚，挺高自己的背脊，不讓後方的十戶發現自己正在害怕。

他們列隊好一段時間了，兩邊軍隊互瞪著對方，但始終沒有人打破這緊繃的對峙。海日古沒有出來領軍，他被徵召進合撒兒的鐵騎裡，他的百戶交由另一名百戶長率領。他們這隊要迎戰的是兀魯兀惕部與勃拔喀部，速不台想到勃拔喀部的巨人札納不由得感到擔心。接管他們的百夫長的命令很簡單，跟著號角聲放箭，聽到衝鋒的命令後跟著衝，見到敵兵就砍，聽號角應變，而他身為十戶長的責任則要確保他的十戶做到跟他一樣的事情。

「第一場？」百夫長問。

「報，第一場。」速不台回答。

「戰爭就是一場雨，小子。不管是大是小，總會結束。」百夫長看著遠方的敵軍。

「這場雨是大還是小呢？」速不台問。

「這場就像秋天三月的雨，大不了，但畜群要壯只能靠它。」

速不台似懂非懂，回到隊伍後，他明確地將命令傳達給他的十戶，就連號角聲所代表的意義也重複說了兩次。但面對黑壓壓的一片敵軍，他的十戶顯然慌了，就連皮甲也穿不好，於是他只能一個一個再次說明，逐個將他們的裝備調整好。速不台注意到其他十戶長皆站在原地等待命令，彷彿已經接受了某種命運。他不知道這場戰爭誰贏誰輸，但他現在最大的目標就是讓他的十戶活著回來。

他回到位置上時，隊伍中出現一陣騷動。原來兩軍各有一人騎馬奔向了戰場中央。速不台抬頭想看清楚，他覺得那就是大汗鐵木真，但他不能確定。他們似乎談了些話，後來甚至有人發誓說聽到了笑聲。但速不台什麼都沒聽到。

那兩人不知何時分開的，號角聲在他們回到軍隊時響起，接著地面似乎又開始震動了。速不台用手壓住大腿，才發現這次真是地面在鼓動。他回頭看一眼他的十戶，發現有人眼淚幾乎都快流了出來。他對著每個人點頭，指了指手上的弓箭。他的十戶意會，紛紛拿起弓箭準備。速不台瞇眼尋找他插上的旗標，在這麼遠的距離下，若不知道位置幾乎是找不到的。但他很快就找到一個，接著是另一個，很快地那條線在他眼前浮現出來。現在是逆風，敵軍的箭會飛得更遠，而自己的箭則相反。海日古已經將旗標的功用告訴了千戶與大汗，速不台知道他們得耐心等待時機，但這是由大汗說了算。

地面的震動越來越劇烈，敵軍雷鳴般的蹄聲也越加懾人。他們待在原地不動，將弓拉滿等待命令。速不台看到敵軍已經越過了旗標，他的臉因為弓弦強大的拉力而扭曲，手也跟著抖了起來，就在此時低沉的號角聲響起，他也跟著鬆開弓弦，彷彿下起暴雨似地飛箭聲淹沒了一切。數量驚人的箭矢向前飛去，在天空靜止了好幾個心跳才往下墜落。第二箭、第三箭紛紛飛向天空，接著第二聲號角傳來，速不台向他的十戶大吼一聲，然後用力甩了馬鞭，蹄聲頓時成為速不台唯一能聽見的聲音。他放下馬鞭，利用膝蓋來控制坐騎，同時不斷拉弓射箭，許多箭矢無情地刺穿敵軍的身軀，帶走他們的生命。他看見落地的敵兵張嘴慘叫，卻什麼也聽不到，彷彿他們用盡生命所發出的聲音沒有任何意義。敵軍的箭雨終究落下了，速不台眼前的人一個接一個摔下馬。他努力閃躲倒下的同袍同時將弓掛在鞍上，然後拔出長刀大吼一聲，但他忍住往後看的衝動，以免看見他最害怕的事實。

兩軍衝撞在一起，速不台眼前的敵兵中箭落馬後顯然還沒回過神來，速不台下意識地揮刀，靠著馬匹的速度砍斷了他的頭，連老兵說過的頸骨都沒感受到。敵兵的頭還沒落地，他的刀又落在了另一人的肩膀上，他想揮出第二刀但坐騎繼續衝向前方。另一波箭矢襲來，後方有人大叫，他才剛一轉頭，一支箭矢就從他的臉頰上劃過。他看向前方，發現對方又拉開弓弦，他用力夾緊馬肚逼迫坐騎衝刺，同時他壓低了身體。箭矢激射而出，刺進了馬兒的前腿，而速不台的刀子也貫穿了對方的胸口，在他想到要拔刀之前，馬兒摔向地面令他滾落在地。速不台的背被掙扎的馬蹄狠狠踹中，害他吐出一口酸水。他爬開躲到一匹早已死去的戰馬後，四處張望想找武器，後方有人大叫，他拼命跳開躲過一刀，但第二刀立刻襲向他。速不台在馬屍下面摸到一根圓棒，他用力抽出來橫在胸前，原來那是一張弓，弓身的彈性吸收了砍擊。速不台立刻將弓丟掉跑開，卻一腳踩在屍體上摔倒，同時感到有東西淋到他身上。他轉頭一看，發現沾滿血的刀鋒自敵兵胸口穿出，刀子的主人竟是他的十戶之一。速不台好不容易站起來，就在這時他十戶的臉頰穿出一根箭矢，倒在敵兵身邊。速不台衝向前去，抱住了他的十戶，但那雙眼睛早已沒了靈魂，這時速不台才發現他的十戶早被敵軍衝散，速不台拔起刺穿敵兵的刀，大吼著想前衝去。

戰局一片混亂，雙方士兵混在一起，一小群一小群地戰鬥。失去主人的戰馬四處奔竄，但更多垂死倒在地上無力地揮舞四足。鐵木真的軍隊相當兇猛，幾乎衝破了札木合的陣型，戰線推的相當遠，狼族千戶長不斷吹響號角，命令士兵向最近的號角聲聚集，以免戰線過前。速不台又殺了好幾個人才聽到號角聲，他身上多了好幾道刀傷，但都不算深。他聚集了好幾名士兵，一起衝向最近的狼族軍隊，當中有幾人他見都沒見過。前方只有零散的敵軍隊伍，殺紅眼的速不台撿起地上的戰斧衝了過去，其他士兵見狀也跟著衝殺過去。

速不台狠狠甩出戰斧，不熟練的他什麼人也沒擊中，但卻擾亂的對方的腳步。他右手從左手接過長刀，順勢揮砍而出，才剛站穩腳步的敵兵立刻舉刀格擋，卻被速不台的猛勁震落了手。速不台下一刀就結束他的生命，然後衝向下一個人。他瞄見跟在後面的同袍被砍倒，但他不去思考，而是不斷數著揮刀的次數，卻發現怎樣數也數不清。不知何時，通往狼族軍隊的路竟清開了。他大喊著要士兵衝過去集合，卻被一陣尖銳詭異的號角聲給打斷。只見札木合的軍隊竟被一片黑霧籠罩，號角聲正不斷從黑霧裡傳出。速不台有種不祥的預感，他往狼族軍團奔去，但前方有一名騎兵衝來，他架刀格擋，但那匹花斑馬腳步凌亂地從衝過速不台。那匹馬至少中了三箭，灑出不少熱騰騰的血液，而交錯的那一瞬間，速不台認出來馬上的人竟是寶日，年幼的臉龐上滿是恐慌。

「跳下來！」速不台大喊。

寶日似乎有聽到速不台的聲音，拿起弓箭就想跳下去，但馬兒也在同時揚起前蹄，寶日重重摔下馬背，腳卻被鞍繩纏住一路拖行而去。那匹馬顯然發狂了，不受控制地往札木合的大軍衝去。速不台拔腿追去，他在路上撿起一把弓跟半滿的箭袋，倉皇地背到背上。四周還有許多一小團一小團的戰鬥，這裡戰線過前，鐵木真的士兵顯然處於劣勢。所幸雙方戰線交集，不再有漫天箭雨落下。

寶日早已消失在人群裡，但他仍然向前砍殺而去。地面相當泥濘，原本就已潮濕的泥土淋上大量鮮血後，變的相當黏稠軟爛，每一步都在消耗速不台的力氣。現在與敵兵交鋒時，他都能感受到對方的疲累與無力。但速不台絲毫不憐憫，一刀比一刀還要致命殘忍。刀鋒互碰的鏗鏘聲就像是雨滴落地的聲響，清脆卻又殘忍無比。

詭異尖銳的號角聲再次響起，這次距離相當近，震著速不台的耳朵發麻。他想看究竟是從何處傳來的，卻被眼前倒地的花斑馬匹吸引了注意。寶日？速不台衝到馬旁，卻只見到滿地屍體。花斑馬顯然沒有餘力再動了，但眼睛卻不斷眨著，似乎想在死前看清楚這個世界。一旁的屍堆動了一下，速不台警覺地看去卻不禁感到詫異，那裏有兩具屍體手腳皆被綁住，一個是滿臉都是瘀青的老者，另一名則是乾瘦的年輕人，而寶日就被壓在下面，臉色蒼白，大腿上中了一箭，衣服滿是鮮血。速不台果斷地將箭身砍斷，然後甩了寶日一巴掌。

「寶日，走！」速不台大喊。

寶日驚醒，手慌張地摸索地面尋找早已丟失的刀子，好不容易認出速不台後才鬆了口氣。速不台又是一個巴掌過去，這下寶日終於回神了，忍痛扶著大腿站起來，才剛抬頭就驚得大叫。詭異的號角聲響起，這次就在速不台背後。原來不知何時一群士兵包圍了他們，這些士兵雙眼在太陽下顯得空洞，沒有穿著的上身十分瘦弱，渾身繞著某種淡淡黑氣，身形因而模糊扭曲。這些詭異的士兵手持長刀衝向他們，速不台將手中刀子丟給寶日，自己再從地上撿起一把，順勢往上一劈，擋住敵兵的砍擊，但對手力道大得嚇人，霸道地震開速不台的刀。他趕緊往後一退，發現他們已經完全沒了退路，他拔起插在花斑馬上的箭矢，準備殊死一搏。

敵兵空洞的雙眼看著他與速不台，無預警地衝向他們，但不到一個心跳內，敵兵的喉嚨竟刺出了一個箭簇，血液噴灑到速不台臉上。敵軍空洞的雙眼沒有任何情緒，他伸手將箭簇折斷後好奇地看了一兩眼，然後倒在速不台腳前。速不台驚訝地發現那支箭的箭羽閃著金光，但他沒有時間思考，他迅速轉身瞄準後方的敵兵刺出手裡的箭矢，但顯然太慢了。敵兵的刀子高高舉起，下一瞬就可以將寶日的頭砍斷。速不台大吼卻無能為力，就在此時，巨大的黑影從天而降，瞬間展開的雙翅激起強烈的旋風。那隻巨鷹的雙爪狠狠地刺入敵兵的眼窩，用力一拍翅膀，竟將敵兵抬起了一兩分。巨鷹放開雙爪，飛入空中，而被攻擊的士兵則癱軟的倒在地上，動也不動，顯然顱骨已被刺穿。

敵兵一個接一個中箭倒地，巨鷹也不時落下突襲，但敵兵還是不斷攻來，現在他們身上的黑霧變的相當明顯，詭異地旋繞在身上。速不台將箭矢丟掉，撿起被震開的刀子，攻向最近的士兵。對方的力道一樣大得嚇人，沒幾刀速不台的虎口便痛得要命，光是格擋就已招架不住，更不用說反擊。

一匹戰馬慌亂地從遠方奔來，速不台見機不可失，雙手持刀用力砍向敵兵，雙刀互碰斷成兩截，他將刀柄丟向敵兵，奔向戰馬。鞍繩就在馬脖子上甩動，他伸手抓去，但那匹馬似乎被什麼東西驚嚇到，突然悽慘地嘶鳴。速不台看的出來戰馬轉身想逃離什麼，但速度過快，前腿竟傳出駭人的骨裂聲，接著朝他撞來。速不台閃避不及，被馬背緊緊壓住。敵兵走過來，刀子舉高就要落下，空洞的雙眼似乎什麼也看不到，但嘴角竟微微翹高。速不台大吼想掙脫馬身，卻動也不能動。箭矢穿過敵兵的喉嚨，接著是他的頭顱，身上黑霧散去後倒在速不台身旁，雙眼依舊空洞，嘴角依舊上揚，竟與生前竟相差無幾。

速不台拚命推開壓住他的馬，汗水滴進他的雙眼，刺得他眼前一片模糊。朦朧中，前方竟出現了一名巨人，看著比一般人要高出許多。他揉揉眼睛仔細看清楚，接著便絕望的大叫。敵兵的刀貫穿了寶日的胸膛，然後敵兵將刀子高舉過頭，而寶日也像是戰利品似地被舉到了半空中。雖然速不台看不到，但他知道持刀的人嘴角一定是上揚的，他吼到嗓子都嘶啞了，敵兵的手卻依舊舉的高高的，慢慢走向速不台。他用嘴去咬馬背，希望尚未死全的戰馬能吃痛跑開，但卻沒有任何反應，他的手不斷推動馬身，卻徒勞無功。強勁的旋風襲來，那隻巨鷹落在馬身上，雙眼看著敵兵。接著一人用極快的速度衝向敵兵然後跳到半空中，刀光一閃，敵兵的頭便落了地，寶日也跟著摔落，動也不動已然死絕。那人走向他，逆光的速不台只能看到黑色剪影，但他卻感到熟悉無比。

「快回去吧。」烈赤道。

「你為什麼這麼晚到？」速不台歇斯底里。「你再早點到，寶日就不會死！」

「這是戰爭，你的人開戰前就死了。」

「你說什麼屁……」

「鐵木真一輸，你救的那幾條命馬上就會死。」烈赤蹲下，一巴掌甩向速不台。「你要救人，就去贏這場該死的戰爭。」

速不台懵了，回過神來時，壓住他的馬已經被推開了。他衝去寶日的屍體旁，看著寶日無神的眼睛，他才驚覺什麼都不能改變了。號角聲自遠方傳來，速不台聽得出那是狼族撤退的號聲。札木合的軍隊也傳出某種號聲，接著兩軍開始撤退，重整陣線。

烈赤蹲在一旁拿著水袋，將水倒進被綁住的那名老人，祈祈可在他身邊蹦蹦跳跳著。烈赤將水袋丟給速不台，指了指另一名被綁住的人，然後開始按摩老人的人中。速不台將寶日的眼睛闔上，擦乾濕潤的眼角，過去幫忙，沒多久那老人就微微睜開眼睛。

「阿、阿古拉？」老人虛弱地問。

「是我。」烈赤竟露出笑容。

一旁的祈祈可立刻跳上前去，輕啄盧剌卡的耳朵。

「到頭來是被鳥咬死呀？」盧剌卡手忙腳亂地遮住頭。

「盧剌卡，你跟這人先回狼族去。」烈赤拍拍速不台的肩膀。

「真、真是亂了啊？」盧剌卡搖搖頭。「有酒嗎？」

「先回去吧，包你喝個夠。」

速不台邊問邊將水倒給另一人喝，烈赤伸手去拍那人的臉頰。

「巴特爾，醒醒。」

巴特爾？速不台心中一驚，這人就是勃拔喀部大汗的長子？他再仔細一看，果真與夜襲那晚領著烈赤離去的人十分相似。他看向盧剌卡，難道他就是那夜氈帳裡的人？巴特爾醒了，看到眼前的烈赤顯然頗為詫異，但他立刻環視四周，痛苦的閉上眼睛。祈祈可停止叼啄盧剌卡，睜大雙眼看著這個陌生人，動也不動。

「巴特爾？」烈赤問。

「札木合把我的族人派出去送死了。」巴特爾握緊了拳頭。「他跟給察兒，還有岱欽，這都是他的陰謀。」

「巴特爾！」烈赤大喊。「告訴我札木合躲在哪裡，他一定就在戰場上。」

「找出他又有什麼用？我的族人……」

「就算勃拔喀部只剩一人，你還是他的大汗。現在，給我站起來。」

烈赤用力抓住他的手，幫他站起來。巴特爾搖晃了幾步，皺眉閉眼思考著，手扶在額頭上。

「現在札納已經是札木合的大將了，他昨天喝酒回營，說札木合會在札答蘭部安排一個分身，他自己要混在塔塔兒部的軍隊裡。」

烈赤點頭，輕拍巴特爾的肩膀。

「速不台，札木合衝不破你們的陣線，接下來派出的都會是被蟒古斯控制的士兵了。說服鐵木真派出他的鐵騎，直衝塔塔兒人的軍隊。鐵騎衝過你插的旗標後，狼族大軍就可以放箭攻擊那些士兵，他們近身之前都不算什麼。」

「如果鐵騎全派出去，他們的騎兵一旦衝過陣線就無人能擋了。」

「動物害怕蟒古斯的力量，不可能願意讓那些士兵騎乘的。」

詭異的號角聲再次響起，札木合的軍隊現在被濃濃的黑霧籠罩，許多零散的戰馬發了瘋似的從黑霧中奔竄而出。

「你們兩個跟速不台走，快。」

「你要去找札木合吧？」巴特爾道。

烈赤點頭。

「我也去。」盧刺卡站起來。「我要看看他現在變怎樣了。」

烈赤沒有拒絕，他知道盧刺卡與札答蘭部有著淵源。他朝一匹從敵營奔竄出來的戰馬奔去，輕巧地抓住轠繩將自己甩上去，騎回到速不台身邊。他從箭袋中拿出最後一根箭矢，箭羽泛著金芒。

「這是鷹翎箭，箭羽是用她父親的飛羽做的。」烈赤看向祈祈可。「上面浸過了我父親的血。將這支箭當作遇見我的證明吧，然後活著還我。」

烈赤跳下馬，將鷹翎箭遞給速不台。

「等我回來。」速不台接過箭矢，跳上馬往狼族大軍奔去。

兩軍的號角聲頻繁響起，顯然進攻在即。烈赤將將一旁塔塔兒士兵的皮甲褪下穿上，再將屍體流出的鮮血抹到臉上。巴特爾與盧刺卡見狀也照做。三個人偽裝成屍體躺在馬屍後方，等待戰爭再起。祈祈可躲在烈赤脫下的皮襖裡面，不時探出頭來輕啄烈赤。

「我兒子如果還活著，我肯定有一堆胖孫子了。」盧刺卡說道。

「我父親可沒說過你有兒子。」烈赤說道。

「他是札木合第一個安達，騎馬騎不快，弓也射不准，什麼都不會就只會爬樹……，要有酒就好啦。」盧刺卡咂咂嘴。「那天他跟札木合一群人出去，被人搬了回來，說是爬懸崖摔死了。札木合呢？帶了兩隻鷹回來，一個冬天都還沒過呢，那次跟他去的小孩一個個出意外死光了。從那之後我再也沒見過札木合，莫名其妙就被放逐了。一個父親連兒子被弄死都報不了仇，我怎麼活？所以我等，今天總該讓我等到了。」

烈赤沉默，沒有任何回應。

「札納把我打昏綁起來，讓人以為他們大汗戰前逃亡，這樣一切結束後，他就可以接管勃拔喀部。這種東西……札納的腦袋肯定想不出來。」巴特爾嘆氣。「札木合連自己的親弟弟給察兒都殺了，他還有什麼做不出來？」

「不管狼族會不會派鐵騎來，我都會跟他做個了結。」烈赤道。

三人陷入沉默，四周變的寂靜無比，連號角聲也聽不到。接著地面開始微微震動。三人蜷曲起來保護身驅。烈赤的眼角發現大片的黑霧朝他們撲來，震動也越發強烈，接著大量步兵開始跨越他們。令人感到詭異的是除了腳步聲，他們什麼也聽不到。沒有士兵的喘氣聲，沒有咒罵聲，沒有慌忙整理裝備的摩擦聲。三人維持同一個姿勢許久，等待軍隊行進。多數的士兵都繞開那具馬屍，只有少數幾個依然踩過他們，但所幸沒什麼大礙。現在腳步聲已漸漸遠離，但三人依舊沒有動作，似乎在等待什麼到來。

「這些該死的狼族。」遠方有人喊道。

「讓那波可憐人去血洗他們吧。」

「那到底是怎麼回事？」

「噓，別再說了，撿你的箭。」

「我還在跟他說話，那種黑氣就直接從嘴巴鼻孔衝出來，然後人整個就變了，你能想像嗎？臉突然就凹陷進去……」

烈赤用眼角看到札木合的傷殘兵走出來收集箭矢，但他依舊假裝成屍體不動。

「別再說了，被札木合聽到，小心換你。」

「該死的狼族，最好被那些怪物砍死……」

烈赤等到傷殘兵數量多了之後，才抓準時機叫盧刺卡跟巴特爾起來，三人假裝扶著對方往塔塔兒人的方向走去。烈赤將祈祈可藏在自己脫下的皮襖裡，再往裡面隨意插了幾根箭矢偽裝。一路上沒有人質疑他們，地上躺著密密麻麻的屍體，什麼部族都有，被血浸了厚厚一層的泥土散發濃濃的血腥味，但隨著時間過去，人死後的穢物流得滿地湯湯水水，臭氣加之血腥味令人極度作嘔。

塔塔兒部族的戰營人數相當多，整片望去全是躺在地上的傷兵，僅有為數不多的人拿著布帶穿梭在傷兵之中，一支塔塔兒千戶坐在地上等待下一次進攻。一小隊人見到他們立刻迎上來，烈赤見狀朝他們揮手。

「傷兵三人，包紮後兩人可再上陣，快來支援啊。」烈赤喊道。

「札木合大汗請你們這邊走。」來人對他們行了個禮，然後拔出刀來。

烈赤三人互相看一眼，似乎也不感驚訝，什麼也沒說就跟著那隊人走去。烈赤抓緊了手上的長弓，走之前往後看了一眼，他知道狼族又開始跟札木合的士兵廝殺了，戰場上黑霧籠罩，比以往都還要濃密。塔塔兒戰營裡一樣躺著許多傷兵，札木合就拿著弓站在數十名士兵後面，他們跪在地上頭被布巾矇住。

「我說過了，逃兵只會受到什麼對待？」札木合問。

「死刑。」不少士兵語帶哭腔。，

「你們是什麼？」

「逃兵。」

札木合用手指撥動弓弦，發出沉吟的聲響。每個逃兵聽到聲音身軀都猛然震了一下，有的乾脆就尿了出來。札木合大笑，轉身看向烈赤一行人，他從身旁得護衛那邊抽出幾支箭，連同長弓遞給他們，但沒人伸手去接。

「逃兵怎樣都得死，不練練準頭？」札木合問道。

見三人都沒有說話，札木合將弓箭丟給護衛，隨意揮揮手。其他護衛立刻拔刀一一將逃兵的頭顱砍下。

「你們假裝成塔塔兒士兵跑回來，我該把你們當逃兵嗎？」

「你還記得你第一個安達嗎？」盧刺卡問道。

「我安達就只有鐵木真一人呀。」

「呼合巴日，我的兒子，你忘了？」

札木合搖了搖頭。

「你會想起來的，他在等你，你死後會發現好多人在等你。」盧刺卡咬牙切齒地說道。

「哈！我怎可能會忘記，捉到鷹的榮譽可不能屬於一名普通戰士的兒子，你說是吧？」

「你這該死的……」盧刺卡臉色脹紅。

烈赤伸手橫在盧刺卡胸前，對他搖了搖頭。

「勃拔喀部的大汗，拋棄了部族後，現在又回來宣示統治權嗎？」札木合對巴特爾問道。

「你害死自己的親弟弟就是為了讓勃拔喀部和狼族結仇？」巴特爾雙拳緊握。

「我要成為汗中之汗，一個弟弟又算的了什麼？」札木合顯得無聊了。「札納！」

札納立刻從護衛群裡走出來，幾天不見的他似乎又變的更高大了，比誰都要高上兩三顆頭。他身上穿著稀有的鐵鱗甲，甚至連頭盔都是用鋼鐵敲打成型。他看到烈赤後雙眼睜得老大，似乎想衝向烈赤，但最後他發出一陣低吼後站在札木合旁邊等候命令。

「他是誰？」札木合指著巴特爾。

札納看了他一眼，又發出低吼聲，然後搖了搖頭。

「巴特爾，看來你只是個逃兵，連你的宿衛隊長都認不得你了。」札木合對札納做了個手勢。

札納走向前兩隻巨臂一抬，隨手就將盧刺卡與巴特爾提起。兩人拚命掙扎大叫，卻根本影響不了這名巨人。札納將兩人放到逃兵屍體旁邊，逼迫兩人跪在地上。

「你呢？」札木合看向烈赤。「你又有什麼東西要說？」

「告訴你的士兵……」烈赤伸展雙手，似乎再準備什麼。

「告訴我士兵什麼？」札木合顯然起了興趣。

「該拿起弓了。」

「什麼？」札木合眉頭緊皺。

烈赤用一個心跳的時間抽出放在皮褲裡的箭矢，插進後方士兵的喉嚨，同時將皮褲向前丟出，祈祈可順勢竄出的雙爪瞬間就將兩名士兵的眼珠抓出，然後直飛天際。烈赤可以看見兩三名塔塔兒士兵跑了過來，雙手舉高似乎想要報信，但箭矢馬上就貫穿了他們的胸膛。如雷的蹄聲越來越響，地面震動越來越強，狼族的鐵騎衝破戰營外的塔塔兒千戶直奔而來，一支箭矢挑釁的落在了札木合腳下，直沒至箭羽。

札木合大叫，然後衝向札納。合撒兒衝在鐵騎最前端，一手高舉長矛，另一手大力甩著馬鞭。忽然他身形一矮，長矛激射而出，直直飛向了札木合。札納突然渾身爆出黑霧，巨手向前伸去，硬生生地在半空中將長矛抓住，長矛兩端晃動聲不絕於耳。札納將長矛擲向合撒兒，合撒兒沒想到有這等變數，竟不及閃避。就在此時，合撒兒的坐騎看到札納的變異受到驚嚇，前蹄高高揚起害得合撒兒自馬背上摔落，長矛就這樣刺穿了馬兒的胸口。合撒兒落地後一陣翻滾，起身時手上已翻出一把長刀，衝向札木合，他的鐵騎也不斷靠攏。但札木合大吼一聲，黑霧頓時籠罩了整個戰營，巨大的風颳聲響起。烈赤聽到戰營外多了無數個腳步聲，但整個戰營除了外圍的塔塔兒千戶，他並沒有看到其他軍隊。雖感疑惑，但他知道機不可失，抽出長刀就往札木合的方向衝去。黑霧害視野變的相當差，他幾乎看不到自前方砍來的長刀，烈赤在最後一刻揮刀格擋，激起的火花立刻被強風吹散。

烈赤與躲在黑霧中的人對了幾招，霸道的力道讓他知道這是受蟒古斯控制的黑霧兵。此時黑霧散去不少，他才驚覺眼前的士兵竟斷了一隻手。他往四周看去，才發現躺在戰營外的塔塔兒傷兵竟全身纏繞著黑霧朝他們攻來，似乎感受不到任何疼痛。而札木合前方出現一整隊黑霧兵，幾乎沒有縫隙能突破。這一個分神，烈赤就被眼前的士兵砍中右臂。烈赤趕緊虛砍一刀，往後跳去，這時一支箭矢刺穿了烈赤眼前的敵人。

「速不台舉旗！」合撒兒大喊，放下手中長弓，然後吹響了號角。

近千名狼族鐵騎隨著號角聲重整隊伍，這些精銳反應速度極快，未歸隊的鐵騎立刻調轉馬頭，就定位的則負責用弓箭擊退敵兵，過程中鐵蹄規律地踏在地面上，氣勢非凡。眼前的黑霧顯然令馬兒相當恐慌，但這些坐騎全是戰場老馬，在主人的安撫下很快地鎮靜下來。烈赤趁機將盧剌卡與合撒兒帶到了合撒兒前方。或許是聽過了速不台報告，合撒兒一揮手，就有人領著三匹馬出來供他們騎乘。

「投降吧！」札木合躲在黑霧兵中大喊。「看看你們才幾個人！」

海日古與速不台集結好隊伍後到了合撒兒旁，速不台取出放在箭袋裡的鷹翎箭交給烈赤。烈赤用大拇指滑過箭羽，久違地露出微笑，接著他看向合撒兒，兩人沉默地點頭示意，似乎對眼前的局勢瞭然於心。

「狼族鐵騎聽令！」合撒兒大喊。

「是！」所有的百戶長舉刀指向天空。

「海日古為前鋒，八人並排直攻札木合，其餘百戶接連上陣，後軍發箭。」合撒兒拔刀指向前方。「攻！替狼族清出一條路來！」

海日古吹響了號角，他率領的百戶組成八人一排的破陣隊向前衝去，但鐵騎後軍的箭雨來的更快，瞄準的是敵軍後方的部隊。兩支百戶組成的破陣隊衝向前後，札木合也跟著拔刀加入隊伍，烈赤一行人也跟著衝去。

鐵騎霸道的速度與力量，很快地在敵軍陣勢撕開一道深深的口子，直指札木合而去。馬蹄踏過之地，刀鋒掃過之處，敵兵皆被摧毀成一攤攤的爛肉。憑藉著速度，黑霧兵的非人力量難有用武之地，但不少鐵騎仍被硬生生地拉下馬，亂刀斬死。所有鐵騎都知道，他們得在死光前，替狼族開出這條路，能多遠就多遠，沒有時間停下來拯救同袍。

戰場上一片混亂，馬蹄與戰鬥掀起的煙塵妨礙了視野，烈赤注意到四周的屍體插滿箭矢，他知道這裡已經是敵軍後方了。巴特爾與盧刺卡依舊跟在後方，他們在濃密的煙塵中全力奔馳，突然烈赤聽到駭人的吼叫聲，穿過煙塵的瞬間，烈赤看到札納竟將一名鐵騎的手活活扯斷，血灑的到處都是。札納一發現烈赤，立刻將手上的鐵騎丟開朝他奔來，身上滿是刀傷的海日古見狀立刻前去阻擋。烈赤看一眼就知道狼族的鐵騎的攻勢到此為止了，不少鐵騎落了馬在這裡戰鬥著，黑霧在遠方旋繞，顯然是援兵。

「札木合跑了，快過去，這裡我擋！」海日古疲憊的雙手揮出的砍擊依舊致命。

「過！」合撒兒沒有遲疑。

札納大吼，許多黑霧兵上前用身體阻擋鐵騎，札納甩開海日古想抓住烈赤，但卻被海日古捨身撞倒在地。不到十名鐵騎衝過了札納，前方四處是零散的士兵，卻看不到札木合的影子。烈赤看了一眼天空，然後閉眼深吸一口氣，眼睛再次張開時，眼白成了一片漆黑，瞳孔被一道金色光圈環繞。接著他對合撒兒比手勢，然後指向遠方旋繞的一團黑霧。合撒兒看到他的瞳孔略顯詫異，但點頭回應，注意力立刻回到戰場上。

「衝！」合撒兒舉刀指向黑霧。

僅存的鐵騎跟著合撒兒衝向前方。速不台依舊跟在合撒兒旁邊，他手上的戰旗早已丟了，但人數如此之少的騎兵隊憑著吼聲就能調度。這裡並非戰場前線，地面上沒有血液浸過，雖然潮濕但依舊堅實，狼族戰馬似乎非常開心，速度不增反減。札木合的背影很快就出現在前方了，他四周還有為數不少的護衛，騎著馬的他們顯然沒有受到黑霧侵蝕。

「小子。」盧剌卡道。「終於結束了。」

「結束了。」烈赤露出微笑，瞳孔的金環不知何時消失了。

烈赤想拿起自己的弓，但右手臂上卻傳來一陣劇痛，他才想起傷口還沒包紮。他看向合撒兒，發現合撒兒也看著他，手上拿著弓。烈赤沒有猶豫，從背後的箭袋上抽出了最後一支鷹翎箭，交給了合撒兒。祈祈可也同時自天而降，停在烈赤手臂上。從倒向他們的牧草來看，烈赤知道現在是逆風，但他也知道合撒兒的力量不輸海日古。合撒兒搭上鷹翎箭，扣上弓弦拉滿，他在馬上的姿態連烈赤都想喝采。

「如果有酒就好啦。」盧剌卡砸砸嘴。

烈赤微笑，想著父親還活著時，只要去盧剌卡的氈帳，回來肯定都有酒臭。

合撒兒維持拉弓的姿勢已經好幾個心跳了，烈赤知道他在尋找坐騎四蹄凌空的那一瞬。烈赤聽得見合撒兒的緩緩吐氣聲，他知道合撒兒吸氣的瞬間一切就結束了。

「不是我自誇，要不是像這種被綁來的話，我到哪身上一定都有藏酒。」

烈赤久違地想放聲大笑，的確呀，盧刺卡不論到哪裡，身上一定有酒。唯一一次就是修壞岱欽鞍具被架走那次，還有……巴特爾帶他看盧刺卡被抓的那晚，他倒在氈帳裡昏迷不醒，身旁有行囊、有食物，就是沒有酒。

烈赤猛然轉頭看巴特爾，那枯瘦的臉上竟掛著詭異的笑容。就在此時合撒兒深吸一口氣，箭矢破空而去。

「停！」烈赤大喊，手向合撒兒抓去，但太遲了。

此時一根羽毛從天空落了下來，彷彿花了一輩子的時間才落到烈赤手上。時間殘忍地變慢，每一次心跳都重重地擊向烈赤。原來祈祈可在合撒兒放箭的瞬間就撲向了箭矢，雙翼大大地展開，然後跟著箭矢落到地上，羽毛散落在空中。

巴特爾放聲大笑，轉動坐騎的方向朝札答蘭部的戰營奔去。烈赤沒有遲疑追了上去，盧刺卡見狀也脫離了隊伍。合撒兒無法理解烈赤，大聲咒罵之後依舊朝著札木合奔去，但顯然錯過了機會，前方飛旋的黑霧變的相當靠近，大量軍隊不斷奔來，札木合甚至放慢了速度，轉身看向合撒兒。

「狼族，你們的路到此為止了。」札木合大笑。

合撒兒又射出了好幾支箭，但卻被札木合的援軍擋下。他們湧了上來，殘存的鐵騎們無懼地戰鬥，但居於絕對劣勢的他們一一被拉下馬架住。有幾個探子奔向札木合，報告的消息似乎令札木合相當開心。

「鐵木真撤退了，是我贏了。狼族，不會有人來救你們了！」札木合對他的屬下揮了揮手，他們的坐騎立刻被帶上來了。

「聽說狼族的戰馬都是騎兵親手養大的？」札木合摸了摸馬匹的馬鬃。

「放手，你不配摸他！」一名鐵騎大喊，但立刻被踹倒。

「今天你們都是客人，我邀請你們參加我們的慶功宴，就吃馬肉！」札木合大笑。

後方走來一名士兵，手上提著一個大袋子，裏頭有東西不斷掙扎著。

「還有鷹肉！」札木合大喊。「抓出來瞧瞧。」

那名士兵伸手進去，但立刻被抓的鮮血淋漓。

「廢物！」札木合喊道，隨手一揮，一名身纏黑霧的士兵立刻走向前砍死那名士兵，然後伸進袋子裡將祈祈可抓出來，任由祈祈可的利爪撕裂他的手也沒有任何反應。

「牠叫什麼名子？」札木合看向合撒兒一行人，但無人應答。

札木合走向祈祈可，蹲下來仔細觀察，然後拿出刀來隨意刺向祈祈可。祈祈可淒慘地哀鳴。

「放開她！」速不台大喊。

「我問，牠叫什麼名子？」札木合再次問道，口氣明顯不悅。

「祈祈可！」速不台用盡全身的力氣狂吼。

祈祈可頓時靜止下來，金色眼眸轉變成漆黑色，下一個心跳後，她雙爪猛張抓向札木合的臉。札木合慘叫，抓住祈祈可的士兵立刻將她甩開，她趁機掙脫，然後用極快的速度撲向士兵，啄瞎他的雙眼後，立刻飛向下一個目標。許多士兵湧上來保護札木合，但更多人抓著被撕裂的喉嚨倒在地上，沒有人的刀子能夠砍中移動如此快速的目標。合撒兒趁亂撞倒了後方架住他的士兵，狼族鐵騎也跟著反抗。他們撿起武器跳上自己的坐騎，速不台眼睛不曾離開過祈祈可，他甚至想衝進去救她，但他任由合撒兒硬將他拉走，因為他知道現在的祈祈可再也認不出他來了。

烈赤忍痛用左手拉弓，射空了箭袋了才好不容易有一支射中札木合的坐騎。馬血沿路流淌，巴特爾見狀乾脆將速度放慢，最後下馬等待烈赤到來。這裡離札答蘭部的戰營還有一段距離，四周除了滿地屍體，就只剩下稀疏的牧草隨風搖晃。

「今天在風裡，我聽到狼族人說戰爭就像是場雨。」巴特爾蹲下，用手抓起了浸滿鮮血的土壤。「凡人說話有時確實貼切，這是場好雨。」

烈赤跳下馬，拔刀指向巴特爾。

「塔陽把你教的不錯。」巴特爾將土甩落，留下滿手乾涸的血液。

「你什麼時候降生在巴特爾身上的？」

「降生這個詞不對，不如說是給予。我只是把力量給了渴求力量的人，現在巴特爾依舊是巴特爾。」

「就在兩年前的異相，是吧？」

「長生天為了救你將太陽遮起來，的確給了我很好的機會。」巴特爾冷笑。「但不是，巴特爾決定殺死鐵木真派去的信使時，那種不向人臣服的決絕，還有對權力的渴望很容易就吸引到我。」

「札木合呢？」

「這人只是局勢造出來的蠢材，當作欺餌倒是很恰當。」巴特爾微笑。「而你，你很聰明，知道札木合不能死在狼族手下。」

「否則你將取而代之，帶著札答蘭部繼續跟狼族爭戰，繼續流這沒有意義的血。」

「狼族已經輸了，而我要的只是場雨。不論有沒有我，凡人永遠都會鬥爭不是嗎？」

烈赤望向整座戰場，絕望地發現自己無法反駁他。

「就說岱欽吧。十二年前我引導塔陽滅了鷹族，但阿古拉擊敗了岱欽，不就是場戰鬥嗎？但從此對阿古拉的恨意與忌妒蒙蔽了他，否則他可以更早察覺巴特爾的變化，更不會淪為我挑撥狼族與勃拔喀部的工具。」

「岱欽比你想得更聰明。」烈赤大吼。「因為他把我擊昏，沒人知道我有看到鐵木真信使的屍體。因為他塞羊糞給我，所以我沒有凍死。因為他，我今天能拿刀站在你面前。」烈赤將刀架在巴特爾的脖子上。

「你活著，塔陽就會將一切賭在你身上，而我就只須防你一人。」巴特爾嘆了口氣。「你活著，是因為我讓你活著。幾百年來，你們鷹族人太難纏了。」

「我現在就可以殺了你。」烈赤喊完將刀再逼近一分，巴特爾脖子開始滲血。

「沒了鷹，沒了鷹翎箭的鷹族，如何擊退我？」巴特爾隨意揮手。

一雙巨臂突然從後面抓住烈赤，巨掌用力抓住烈赤持刀的左手。喀拉！駭人的裂骨聲從手腕傳來，劇痛令烈赤張嘴慘叫，他的手頹然鬆開，刀子隨即落下。纏繞在札納身上的黑霧相當密集，烈赤幾乎看不見巴特爾。札納一邊低吼一邊用勾住烈赤的肩膀。

「阿古拉……烈赤……」烈赤從札納的低吼聲中辨別出了自己的名子，但他痛得無法思考。

「數百年來，也只有札納能夠容納我所有的力量。沒有他，我可躲不過你鷹的雙眼。」巴特爾用手背輕撫札納的臉龐。「多虧他，我得以體會上馬馳騁的感受，確實……相當痛快。」

巴特爾微笑，轉身走向烈赤的坐騎，輕輕撫摸馬鬃。

「或許，凡人也有讓我忌妒的樂趣。現在，死吧。」

在烈赤眼前飛旋的黑霧總算消失了，他才發現胸口突出的是一把刀，但他卻什麼也感受不到。驚訝之餘，他更發現斷手的劇痛也消失了。敏銳的聽覺現下什麼也聽不見，他努力抬起頭，看見巴特爾用某種憐憫的眼光看著他。

「告訴我，蟒古斯。」烈赤嘴角不斷滲出血液。「那晚是你殺了我父親，對吧？」

「這幾百年來，阿古拉是最難纏的鷹族人之一。」巴特爾走近烈赤。「那晚他不該看見狼族信使的，所以我殺了他，你與他都不該妄想拯救草原。」

「那晚你還殺了另一人，記得嗎？」

札納突然將刀子從烈赤胸口抽出，大量鮮血灑落地面，少了札納的支撐，烈赤倒地不起，但雙眼仍死死盯著巴特爾。

「或許吧，幾百年來為我流血的凡人生命又何止上千上萬？」

「一名跛、跛腳胖子？」烈赤用盡全身的力氣說出這句話，血沫與口水從嘴裡和鼻孔噴出。

「烏能根？偷襲可以，對打就只能逃的人，死不足……」

刀光橫空一閃，巴特爾的頭竟憑空飛起，瞬間竟像是凝結在空中似的，過了許久才落下，滾到了烈赤附近，臉上依舊是滿滿的不可置信。

「什麼拯救草原？我只是要報仇而已……」烈赤冷笑。

札納的巨臂揮過之處仍殘留著黑霧，隨著黑霧散去，札納的刀子也從手上掉落，直直插進了地面，落地之際，札納發出駭人的慘叫聲，大量的黑霧從他身上爆發出來，直衝天際。烈赤眼睛再也睜不開了，他既感受不到冷也感受不到熱，聽膩的馬蹄聲，刀鋒鏗鏘聲，箭矢破空聲，嘆息聲，風聲，雨聲也終於離他遠去。但有某種東西在靠近他，烈赤能聽見微弱的腳步聲，輕輕地地踩著泥地，似乎還不時摔倒，但始終慢慢地靠近他。烈赤期待著，但不知何時，一切又變得好安靜。烈赤彷彿用盡了一輩子的力氣與時間，才將眼睛睜開。眼前的東西在艷麗的藍天下映著金色光芒，原來在烈赤閉上眼睛的時候，漫天厚雲不知何時消散了。祈祈可就站在他前面，歪著頭靜靜地看著他，她的頭與喙上全是乾掉的血跡，羽毛亂的不像樣，上頭全浸滿了血漬，翅膀則是用怪異的角度收折著，一看就知道再也不能飛了。

烈赤沒有力氣爬起來，他用盡最後的力氣伸出手，輕輕將祈祈可推向自己的臉。在羽毛之下，烈赤知道自己摸到的是什麼，他心痛但卻坦然。

「今天我們報了殺父之仇，接下來我們一起到天上飛吧。」烈赤輕輕說道，祈祈可輕輕咬了烈赤的耳朵，像是在回應，然後慢慢地閉上眼睛。

草原回歸寧靜，彷彿最吵雜的聲音不過是風吹過牧草的颯颯聲，令人難以想像不久之前這裡還是戰場。盧刺卡看著天空上久違的藍天，深深地嘆了口氣，將眼淚擦去。

不久之前盧刺卡看見烈赤的鷹在草原上一跛一跛地跑著，翅膀顯然斷了，失去平衡的她跑沒幾步就會跌倒，但她卻不曾停下。他下馬時，那隻鷹看他一眼就往他手上跳去，卻狠狠地跌落在地，盧刺卡將她抱起時，摸到一道還在滲血的傷口，他就知道這隻鷹的時間不多了。盧刺卡朝著鷹望去的方向前進，他心急地四處尋找烈赤，但一路上全是滿滿的屍體，突然懷裡的鷹跳了出去，一邊跳一邊跌倒前進，好不容易在一個熟悉的身影前停下。盧刺卡沒有去打擾他們最後的時間，他知道他們等這一刻等很久了。

最後盧刺卡下馬時，太陽已經快落下了。他逕自走過巴特爾與札納的屍體，輕輕地將鷹抱起，放進烈赤的皮襖裡面，然後抬起烈赤失去溫度的身體走向馬兒。

「小子，回家了。」

THE END

史實（以下節錄、編輯自維基百科）

十三翼之戰

此戰是鐵木真統一蒙古草原各部時的一次重要戰役。公元十二世紀末，在鐵木真的領導下，蒙古乞顏部迅速發展壯大，引起札達蘭部首領札木合的不滿。公元一一九零年，札木合以其弟弟給察兒劫掠鐵木真馬群，卻被鐵木真部下所殺為藉口，聯合泰赤烏部等十三部共三萬人，向鐵木真發起進攻。鐵木真得到札木合部下亦乞列思人的報告後，集結部眾組成十三營反擊，史稱十三翼之戰。

雙方大戰於答蘭版朱思（今蒙古溫都爾汗西北），鐵木真戰敗，退避於斡難河上源狹地，札木合也領軍還本部。戰後，札木合將俘虜分七十大鍋煮殺，史稱「七十鍋慘案」。此舉引起各部的不滿，紛紛歸心於鐵木真。此戰鐵木真敗而得眾，使其軍力得以迅速恢復和壯大，最終成為草原霸主。

速不台

早年曾為鐵木真的納可兒（門戶奴隸），因勇猛善戰升為千戶長，蒙古建國後，從成吉思汗攻金和西征。成為蒙古帝國大將，是蒙古侵略歐洲中的實際領軍主帥，被成吉思汗封為「四犬」之一。曾參與第一和第二次蒙古西征，令蒙古帝國版圖擴展至俄羅斯一帶。其征戰所及東至朝鮮半島的高麗王朝，西達歐洲的波蘭、匈牙利等，北到西伯利亞，南抵中國開封，是古代世界征戰範圍最廣的將領。

【作者後記】

謝謝金車文教基金會與秀威資訊舉辦金車奇幻小說獎，讓我有機會踏上「寫作」這條雲霧迷濛的盤桓山路。想來是自己學識不深，當初這條路走得就像《鷹翎》中的主角烈赤一樣，到處跌得鼻青臉腫；然而也像烈赤一樣，雖看不清前方，但始終往前走去。

漸漸地，烈赤迎向他必然的終點，而我周遭的雲霧不知何時也消失了。我才驚覺遠方是連綿起伏的山脈，峰頂高聳入雲，一座比一座高。而我四周怪石林立，地上盤根錯節，可謂窮山惡水。謝謝金車與秀威，我想沒有比這條更適合我的路了。

《鷹翎》是基於蒙古歷史與神話發想的故事，蒙古一直是我十分著迷的文化，除了其剽悍無匹的弓騎與鐵木真的王者魅力外，更吸引我的是一個歷史假想，也就是「倘若窩闊台晚一點死，世界會變得如何？」

當時窩闊台是蒙古帝國的大汗，鐵木真早已死去多年，而速不台正在領軍西征，歐洲列國就算聯軍也難以抵擋，蒙古大有機會征服歐洲。然而窩闊台死去引發政權衝突，迫使軍隊撤退以穩固政權，西征因而中斷，此後蒙古再也沒有對歐洲發動過大規模的侵略。

窩闊台的死，可以說拯救了歐洲，也可以說改變了全世界。倘若他是在蒙古征服歐洲後才死去，現代國家版圖會是如何分布呢？這對我來說相當值得玩味與思考，雖劇情沒有直接關聯，但《鷹翎》由此而生。

閱讀小說時，我最快樂的時刻莫過於從中學到某種知識，因此我希望自己的作品也能給讀者相同的感覺。我收集了大量的資料，並選擇烈赤與速不台這兩位年輕孩子為視角來講述故事。然而，除了年份與史實外，許多蒙古文化比如弓箭材質、騎術姿勢與食物……等資料出處難以考證。因此這類細節我選擇約略帶過，而非詳細描述，以免給予讀者錯誤資訊。

這樣可能限制較多，但我仍希望在用想像來構築作品之餘，也能用事實與歷史來打造基石。相信如此能為讀者營造更好的想像世界，也期許自己有一天能寫出能提供讀者知識的好作品。

叩叩

釀奇幻24　PG2157

鷹翎

——第四屆金車奇幻小說獎決選入圍作品

策　　劃	金車文教基金會
作　　者	叩　叩
責任編輯	喬齊安
圖文排版	林宛榆
封面設計	王嵩賀

出版策劃	釀出版
製作發行	秀威資訊科技股份有限公司 114 台北市內湖區瑞光路76巷65號1樓 電話：+886-2-2796-3638　傳真：+886-2-2796-1377 服務信箱：service@showwe.com.tw http://www.showwe.com.tw
郵政劃撥	19563868　戶名：秀威資訊科技股份有限公司
展售門市	國家書店【松江門市】 104 台北市中山區松江路209號1樓 電話：+886-2-2518-0207　傳真：+886-2-2518-0778
網路訂購	秀威網路書店：https://store.showwe.tw 國家網路書店：https://www.govbooks.com.tw
法律顧問	毛國樑　律師
總 經 銷	聯合發行股份有限公司 231新北市新店區寶橋路235巷6弄6號4F 電話：+886-2-2917-8022　傳真：+886-2-2915-6275

出版日期	2018年10月　BOD一版
定　　價	240元

國家圖書館出版品預行編目

鷹翎 : 金車奇幻小說獎決選入圍作品. 第四屆 /
叩叩著. -- 一版. -- 臺北市 : 釀出版, 2018.10
面 ; 公分. -- (釀奇幻 ; 24)
BOD版
ISBN 978-986-445-281-1(平裝)

857.7 107015710

讀者回函卡

感謝您購買本書，為提升服務品質，請填妥以下資料，將讀者回函卡直接寄回或傳真本公司，收到您的寶貴意見後，我們會收藏記錄及檢討，謝謝！

如您需要了解本公司最新出版書目、購書優惠或企劃活動，歡迎您上網查詢或下載相關資料：http:// www.showwe.com.tw

您購買的書名：________________________________

出生日期：________年________月________日

學歷：□高中（含）以下　□大專　□研究所（含）以上

職業：□製造業　□金融業　□資訊業　□軍警　□傳播業　□自由業

□服務業　□公務員　□教職　□學生　□家管　□其它_____

購書地點：□網路書店　□實體書店　□書展　□郵購　□贈閱　□其他

您從何得知本書的消息？

□網路書店　□實體書店　□網路搜尋　□電子報　□書訊　□雜誌

□傳播媒體　□親友推薦　□網站推薦　□部落格　□其他__________

您對本書的評價：（請填代號　1.非常滿意　2.滿意　3.尚可　4.再改進）

封面設計____　版面編排____　內容____　文／譯筆____　價格____

讀完書後您覺得：

□很有收穫　□有收穫　□收穫不多　□沒收穫

對我們的建議：________________________________

____

____

____

請貼
郵票

11466
台北市內湖區瑞光路 76 巷 65 號 1 樓
秀威資訊科技股份有限公司 收
BOD 數位出版事業部

（請沿線對折寄回，謝謝！）

姓　　名：＿＿＿＿＿＿＿＿　年齡：＿＿＿＿　性別：□女　□男

郵遞區號：□□□□□

地　　址：＿＿＿＿＿＿＿＿＿＿＿＿＿＿＿＿

聯絡電話：(日)＿＿＿＿＿＿＿＿(夜)＿＿＿＿＿＿＿＿

E-mail：＿＿＿＿＿＿＿＿＿＿＿＿＿＿＿＿